Tanja Janz

Dünen
und Lich

Roman

MIRA® TASCHENBUCH

3. Auflage: September 2020
Originalausgabe

Dieses Werk wurde vermittelt durch die Literarische Agentur
Thomas Schlück GmbH, 30161 Hannover.

Umschlaggestaltung: büropecher, Köln
Umschlagabbildung: Shaiith, Kraft Stoff / shutterstock
Lektorat: Anne Schünemann
Satz: GGP Media GmbH, Pößneck
Printed in Germany
Dieses Buch wurde auf FSC®-zertifiziertem Papier gedruckt.
ISBN 978-3-95649-839-8

www.mira-taschenbuch.de

mtb

Zum Buch:

Die Vorweihnachtszeit ist für Alida die schönste Zeit des Jahres. Sie liebt es, Häuser und Wohnungen weihnachtlich zu dekorieren und ihre Arbeit in ihrer TV-Sendung oder ihrem Blog zu präsentieren. Doch dieses Jahr ist alles anders. Nachdem Alida den Schock über das Aus ihrer Sendung und den Tod ihrer geliebten Oma überwunden hat, fährt sie nach St. Peter-Ording. Dort mietet sie sich in einem malerischen Haubarg ein, einem alten Bauernhaus, in dem ein uriger Antiquitätenladen untergebracht ist. Alida verliebt sich in den romantischen Küstenort: in die lange Seebrücke, die über vereiste Salzwiesen bis zum endlos weiten Strand führt, und in den über hundert Jahre alten Böhler Leuchtturm, der mitten auf dem Deich steht. Am liebsten würde sie einfach dort bleiben. Und schließlich ist bald Weihnachten. Geht ihr Wunsch in Erfüllung?

Zur Autorin:

Tanja Janz wollte schon als Kind Bücher schreiben und malte ihre ersten Geschichten auf ein Blatt Papier. Heute ist sie Schriftstellerin und lebt mit ihrer Familie und zwei Katzen im Ruhrgebiet. Neben der Schreiberei und der Liebe zum heimischen Fußballverein schwärmt sie für St. Peter-Ording, den einzigartigen Ort an der Nordseeküste.

Für meine Freundin Jenni,
die nicht nur mein allererstes Buch
in ihrem Verlag veröffentlicht hat,
sondern auch gleichzeitig meinen
ersten St. Peter-Ording-Roman.

Eine gute Freundschaft ist
wie ein schöner Platz im Strandkorb.

Prolog

St. Peter-Ording, Frühling 1949

Edith hob ihren Koffer vom Bett. »Wir müssen uns sputen, sonst fährt der Wagen ohne uns zum Bahnhof.«

»Gehe ruhig schon vor. Ich komme gleich nach, muss nur noch ein paar letzte Dinge einpacken«, sagte Gerda zu ihrer Zimmergenossin.

»Beeil dich.« Edith lächelte und verließ mit dem Gepäck in den Händen den Raum.

Schnell verstaute Gerda ihr Nachtkleid und ein Paar Kniestrümpfe in ihrem Koffer. Dann öffnete sie zum letzten Mal das Fenster des Zimmers, das sie sechs Wochen lang mit Edith bewohnt hatte. Über den Dünen hing noch morgendlicher Seenebel, der die Sonnenstrahlen mit seinem milchigen Dunst zu verschlucken schien. Eine sanfte Brise strich durch Gerdas Haar und trug den salzigen Geruch des Meeres zu ihr. Sie schloss die Augen und hielt kurz inne. Dann schaute sie hoch zum Himmel, der nur von ein paar harmlosen Schleierwolken bedeckt war, als hätte es den Frühlingssturm vom Vortag nie gegeben.

Gerda blickte den Möwen nach, die Richtung Strand flogen und bald über dem Meer verschwunden waren. Das alles würde sie vermissen – und noch mehr.

War es wirklich schon sechs Wochen her, dass sie die Heilbehandlung ihres bronchialen Asthmas in der Nordsee-Kuranstalt *Goldene Schlüssel* angetreten hatte? Sie konnte nicht glauben, dass die Zeit in St. Peter-Ording wie im Flug vergangen war. Die erste Woche ihres Aufenthaltes hatte nicht den Anschein gemacht, dass ihr eine aufregende Zeit bevorstehen könnte. Spaziergänge mit der Frauengruppe in der heilsamen Luft des Wattenmeers, Turnübungen am Strand, Sonnenkuren im Liegestuhl und Meerwasserbäder wechselten sich in regelmäßiger Gewohnheit ab. Alle Aktivitäten konzentrierten sich einzig und allein auf die Stärkung der Gesundheit. Ablenkung schien nicht in Sicht zu sein. Doch dann hatte Edith sie eines Nachmittags dazu überredetet, mit ihr zu einem Kurkonzert zu gehen. Die lebenslustige Frau hatte Gerda keine Möglichkeit gelassen, sich herauszureden. Sie hatte geradezu darauf bestanden, dass Gerda ihr blaues Sonntagskleid anzog und ihr beim Frisieren ihrer Haare geholfen. Mit gekonnten Handgriffen zauberte sie Gerda eine Hochsteckfrisur und lieh ihr eine hübsche Spange. Eine Ehrensache für Edith, die in ihrem Heimatort am Niederrhein zusammen mit ihrem Mann einen Friseursalon betrieb.

Das Kurkonzert hatte in einem Pfahlbau, einem der gestelzten Häuser am Strand, in der Nähe der Seebrücke stattgefunden. Kurgäste und auch Einheimische hatten sich dicht an dicht auf dem überdachten Vorbau der Holzhütte versammelt. In dem Gedränge löste sich die geliehene Spange aus Gerdas Haar und fiel zu Boden. Rasch ging Gerda in die Hocke, um sie zwischen den Menschenfüßen möglichst schnell wiederzufinden, bevor jemand sie zertrat. Und plötzlich war da dieser Mann neben ihr, dessen Augen in dem warmen Licht der untergehenden Sonne strahlend leuchteten und auf dessen Handfläche Ediths Spange lag. Gerda war für einen Moment wie benommen. Die Musik der Kapelle und die Geräusche der sie umgebenden Menschen waren in den Hintergrund getreten. Sie betrachtete den Mann schüchtern. Gut sah er aus. Er war schlank, trug ein helles Hemd und eine dunkle Hose. Gerda schätzte ihn auf Anfang zwanzig. Er hatte blondes strubbeliges Haar. Ihr fiel seine gesunde Gesichtsfarbe auf, die darauf schließen ließ, dass er sich viel an der frischen Luft aufhielt. Um seine Augen hatten sich Lachfältchen gebildet. Gerda schüttelte lächelnd den Kopf und nahm Ediths Haarspange. Sie bedankte sich bei dem Fremden und wollte sich wieder ihrer Freundin zuwenden, doch sie konnte sich nicht von dem Anblick dieses Mannes losreißen. Er sah ihr in die Augen, und die Welt schien stillzustehen. Dann fragte er sie nach ihrem Namen und ob ihr die Musik gefalle. Gerda antwortete zurückhaltend, doch seine aufgeschlossene Art gefiel ihr. Als er sie auf einen Kaffee einladen wollte, warf sie zunächst einen Blick zu Edith, die mit drei Frauen am Geländer des Pfahlbaus stand und sich unterhielt. Gerda kannte die Frauen vom Sehen aus der Kuranstalt. Sie überlegte kurz, ob sie zu ihnen hinübergehen und Edith Bescheid sagen sollte, doch sie entschied sich dagegen. Ihre Zimmergenossin war so sehr in das Gespräch mit den anderen Frauen vertieft, dass sie vermutlich gar nicht bemerken würde, wenn Gerda kurz weg wäre. Also willigte sie ein und folgte dem Mann ins Innere des Pfahlbaus, in dem ein kleines Café untergebracht war. Hier war es ruhiger, die Musik der Kapelle drang nur gedämpft von draußen in den Raum. Sie setzten sich an einen Tisch und unterhielten sich. Der junge Mann stellte sich ihr als Hans vor. Zuerst antwortete Gerda nur recht knapp auf seine Fragen. Lieber hörte sie zu, wenn er erzählte. Sie mochte seine Stimme, sie war tief und freundlich. Doch je länger sie beisammensaßen, desto mehr taute Gerda auf, und sie begann auch, von sich zu erzählen. Woher sie kam, was sie in St. Peter-Ording machte und wie lange sie geplant hatte zu bleiben. Als sie ihre Tasse Kaffee ausgetrunken hatte, war es höchste Zeit zu gehen. Die Musikkapelle hatte längst aufgehört zu spielen, und Edith suchte bestimmt nach ihr.

Doch Hans ließ sie erst aufstehen, nachdem er ihr das Versprechen abgerungen hatte, dass er sie am nächsten Tag wiedersehen durfte.

Den ganzen Abend und die halbe Nacht konnte Gerda an nichts anderes denken als an Hans. Am Morgen war ihr vor Aufregung beinahe übel. Damit sie ihn treffen konnte, schwänzte sie nach dem Mittagessen eine ihrer Anwendungen. Eigentlich war es nicht ihre Art, so etwas zu tun, doch sie war erstaunt darüber, dass sie eine ganz neue, abenteuerliche Seite an sich entdeckte.

Sie trafen sich am Strand, an der tausend Meter langen Holzbrücke, die bis zur Sandbank reichte, und verlebten einen unbeschwerten Nachmittag miteinander. Die Zeit verflog viel zu schnell, und am Abend kehrte Gerda glücklich zurück in die Kuranstalt, denn Hans hatte erneut gefragt, ob er sie wiedersehen dürfte. So ging es weiter. Nach jedem Treffen verabredeten sie sich wieder für den nächsten Tag, und je öfter Gerda Hans sah, umso mehr verliebte sie sich in ihn. Während der Woche trafen sie sich spät abends, wenn Gerdas Heilbehandlungen in der Kuranstalt vorüber waren und Hans seine Arbeit beendet hatte, am Wochenende hingegen früher am Tag. Und fast genau zwei Wochen nachdem sie sich das erste Mal beim Kurkonzert begegnet waren, hatte Hans sie geküsst. Seitdem hatte sie den Gedanken an ihre kommende Abreise verdrängt. Keine Sekunde wollte sie daran denken, sondern ihr Glück mit Hans in vollen Zügen genießen. Fast hoffte sie darauf, ihr bronchiales Asthma würde sich wieder verschlimmern, damit sie ihren Kuraufenthalt in St. Peter-Ording verlängern konnte. Doch nun war der Tag der Abreise gekommen.

Gerda schrak zusammen. Ihre Gedanken wurden just durch ein Türschlagen unterbrochen. Schnell schloss sie das Fenster wieder und zog sich ihre Jacke über. Sie griff hastig nach ihrem Gepäck und ging zur Tür. Dort wandte sie sich noch einmal um und blickte ein letztes Mal zurück. Sie musste sich beeilen, wenn der Pferdewagen nicht ohne sie zum Bahnhof losfahren sollte.

Der kleine Bahnsteig des Bahnhofs von St. Peter-Ording war mit abreisenden Kinderheimgruppen, Familien und Kurgästen heillos überfüllt. Alle sechs Wochen reisten Gäste ab, und neue kamen in das seit Kurzem anerkannte Heilbad. Gerda blickte sich suchend um.

Edith stellte ihren Koffer in einem gebührlichen Abstand zur Bahnsteigkante ab. »Bis Hamburg fahren wir zusammen. Dann trennen sich unsere Wege.«

»Aber wir bleiben in Kontakt«, versicherte Gerda ihrer neuen Freundin und schaute zwischen den wartenden Menschen hindurch. Ob Hans noch kam? Er hatte es ihr versprochen.

»Ja, auf jeden Fall. Ich schreibe dir«, versprach Edith. Sie griff in ihre Handtasche und zog einen kleinen Klappspiegel hervor. Prüfend betrachtete sie ihre Frisur.

»Ich hole mir noch rasch etwas zu trinken für die Reise, bevor der Zug ankommt. Passt du bitte kurz auf mein Gepäck auf?«, bat Gerda sie.

»Das ist eine gute Idee.« Edith steckte den Spiegel zurück in die Tasche und entnahm ihrer Geldbörse drei Groschen, die sie Gerda in die Hand drückte. »Bringst du mir eine Waldmeisterbrause mit?«

Gerda zwängte sich durch die Menge, um zu dem Bahnhofsgebäude zu gelangen, in dem ein kleiner Kiosk untergebracht war. Sie war froh, dass ihr eine gute Ausrede eingefallen war, um noch einmal Ausschau nach Hans halten zu können. Er hatte ihr erzählt, dass er nach einem Sturm als Hitzlöper auf der Sandbank unterwegs war, um angespülte Bernsteine zu sammeln. Neben der Arbeit auf dem Feld und gelegentlichen Aufträgen als Schuster war das Bernsteinsammeln eine wichtige Einnahmequelle für ihn.

Gerda besorgte an dem Verkaufsstand für Edith und sich zwei Flaschen Waldmeisterbrause und blickte sich um. Sie hatte nicht mehr viel Zeit, bis der Zug kam, trotzdem blieb sie einen Moment vor dem Gebäude stehen und hoffte inständig darauf, dass Hans in der Menge der zum Bahnhof strömenden Menschen erscheinen würde.

Er hatte es ihr doch versprochen. Gerda wünschte es sich so sehr.

In der Ferne erklang ein ratterndes Geräusch, das immer lauter wurde und die Einfahrt der Lokomotive in den Bahnhof ankündigte. Eine Pfeife schrillte, und kurz darauf folgte ein Zischen. Gerdas Magen zog sich zusammen. Sie stand wie angewurzelt vor dem Bahnhofsgebäude, unfähig sich auch nur ein Stück zu bewegen. Der Zug war da, sie musste zurück zu Edith. Verzweiflung erfasste sie. Ihr blieb keine Zeit mehr, aber sie wollte nicht wahrhaben, dass Hans nicht kam. Ihre Gedanken überschlugen sich. Vielleicht war ihm etwas Wichtiges dazwischengekommen. Sie konnte nicht glauben, dass er sie grundlos ohne einen Abschied gehen lassen würde. War ihm vielleicht etwas passiert? Sie umklammerte die Flaschen, so fest sie konnte, und blickte noch ein letztes Mal zur Straße, die zum Bahnhof führte. Tränen stiegen ihr in die Augen. Aus der Ferne hörte sie Ediths Stimme, die ihren Namen rief. Sie wusste, sie konnte nicht länger warten – aber Hans war nicht da …

»Gerda! Schnell!« Edith stand schon mit ihrem Koffer in der Zugtür und winkte ihr aufgeregt zu.

Gerda lief die letzten Meter zu ihr.

»Beeilung!«

»Ja, ich bin schon da!« Sie drückte Edith eine Flasche Brause in die Hand und griff nach ihrem Koffer, den sie die Treppen hoch in den Zug hievte. Hinter ihr wurden sogleich die Türen geschlossen. Ein schrilles Pfeifen erklang, gefolgt von einem weiteren lauten Zischen. Der Zug setzte sich langsam in Bewegung und entfernte sich immer schneller von dem kleinen Bahnsteig in St. Peter-Ording – und von Hans.

1. Kapitel

Berlin-Grunewald im November 2018

Alida Jacobsen stand im Kaminzimmer und schaute durch hohe Fenstertüren über eine weitläufige Terrasse in den parkähnlichen Garten, zu dem auch ein kleiner See mit einem Bootssteg gehörte. Auf der ruhigen Wasseroberfläche trieben bunte Blätter, die das Herbstwetter den Bäumen abgetrotzt hatte. Sie lockerte den cremefarbenen Wollschal, den sie sich um den Hals geschlungen hatte. Draußen schienen die Strahlen der Novembersonne von einem kühlen blauen Himmel. Doch Alida war eingehüllt von der Wärme des Feuers, das in dem großen Kamin hinter ihr vor sich hin knisterte. Sie griff in ihre marineblaue Canvas-Tasche und zog ihr Smartphone hervor, mit dem sie Aufnahmen vom Garten machte.

»Wie gefällt Ihnen mein Haus?«, fragte die ältere Dame, die sich schräg hinter sie gestellt hatte.

Alida wandte sich zu ihr um. »Ihre Villa ist ein absoluter Traum. Wirklich, Frau Brandt. Am liebsten würde ich sofort mit dem Schmücken beginnen. Ich bin so froh, dass Sie sich nach dem Aufruf bei der Redaktion gemeldet haben.«

»Heißt das, wir bekommen den Zuschlag?«, fragte die Dame aufgeregt.

»Definitiv.«

»Wie schön!« Frau Brandt schlug vor Begeisterung die Hände zusammen.

»Das heißt, wenn ich darf?«, fügte Alida hinzu und lächelte.

»Selbstverständlich. Liebend gerne! Sie wissen gar nicht, was für eine Freude Sie mir damit bereiten.«

Alida freute sich mit der alten Dame. »Ich könnte mir kein perfekteres Weihnachtshaus für meine Sendung vorstellen als Ihre Villa.« Sie ließ ihren Blick durch den großen Raum gleiten, der im Landhausstil eingerichtet war. Pastelltöne beherrschten die geschmackvolle Einrichtung. Unter einem wuchtigen Kronleuchter stand ein Sofa in einem Türkiston, daneben befand sich eine Stehlampe, deren spitzenverzierter Lampenschirm dem Ambiente eine romantische Note verlieh.

»Ihre Villa eignet sich perfekt und wird die Herzen meiner Zuschauer höherschlagen lassen. Wir werden eine ganz besondere Weihnachtsstimmung zaubern, da bin ich mir sicher.«

»Ich kann es noch gar nicht fassen!« Frau Brandt breitete ihre Arme aus, kam auf Alida zu und drückte sie an sich. »Endlich kommt wieder Leben ins Haus. Das hat mir so gefehlt, das können Sie sich gar nicht vorstellen.«

Alida lächelte Frau Brandt an. »Oh ja, hier wird im Dezember richtig was los sein, wenn ich mit der Fernsehtruppe über Sie herfalle. Das kann ich Ihnen versprechen. Hoffentlich wird es Ihnen dann nicht zu lebendig. Die Leute werden in Ihrem Haus herumwuseln wie die Ameisen. Noch können Sie einen Rückzieher machen.«

»Nein, das stört mich gar nicht«, winkte die ältere Dame ab. »Im Gegenteil. Ich freue mich darauf. Was meinen Sie, wie es hier früher war, als mein Mann noch lebte und meine drei Kinder bei uns wohnten. Da war immer etwas los.« Frau Brandt schaute versonnen vor sich hin. Alida konnte ihr ansehen, dass Erinnerungen aus vergangenen Zeiten vor ihren Augen wieder zum Leben erwachten.

»Doch dann wurde es ruhiger. Zuerst sind die Kinder ausgezogen. Eines nach dem anderen. Sie sind in alle Herren Länder gegangen, um zu studieren, und schließlich auch dortgeblieben. Und dann wurde mein Mann krank. Seit seinem Tod vor fünfzehn Jahren sitze ich nun allein in dem riesigen Haus und warte entweder auf meine Haushaltshilfe, den Gärtner oder darauf, dass das Telefon klingelt und meine Kinder sich melden. Aber das passiert nicht so häufig. Mittlerweile freue ich mich schon über Anrufe vom Meinungsforschungsinstitut.«

»Das tut mir leid«, sagte Alida anteilnehmend und

fühlte sich insgeheim ertappt. Sie dachte an ihre Eltern, die in Lüneburg lebten und die sie viel zu selten sah. Anrufen könnte sie sie auch mal wieder. Für ihren Traumjob als Wohnexpertin einer eigenen TV-Show hatte sie einst von jetzt auf gleich alles stehen und liegen gelassen und war aus dem nordöstlichen Niedersachsen nach Berlin gezogen. Seitdem lebte sie sieben Tage in der Woche für ihren Job und hatte eine Fernsehsendung nach der nächsten gedreht, dabei ganze Häuser umgebaut, eingerichtet und dekoriert sowie einen Lifestyle-Blog ins Leben gerufen, der neben den Sendungen so erfolgreich lief, dass das Einstellen von Fotos und das Schreiben von Texten ihre ganze Freizeit in Anspruch nahm. Sogar ihr Freundeskreis bestand hauptsächlich aus Leuten, die sie über ihre Arbeit beim Fernsehen kennengelernt hatte.

»Ich hätte die Villa beinahe verkauft, aber letztlich habe ich mich doch nicht davon trennen können. Es hängen einfach zu viele Erinnerungen daran«, fuhr Frau Brandt fort und riss Alida aus ihren Gedanken.

»Na, Gott sei Dank haben Sie dieses wunderschöne Haus nicht verkauft«, sagte Alida und lächelte die alte Dame aufmunternd an.

Frau Brandts Gesichtsausdruck hellte sich auf. »Ja, denn jetzt sind Sie ja da. Möchten Sie vielleicht eine Tasse Tee mit mir trinken, bevor Sie gehen? Sie haben doch noch etwas Zeit?«

»Sehr gerne«, antwortete Alida und folgte ihr zu einem runden Esstisch, gleich neben dem Kamin, auf dem Tee und Streuselkuchen bereitstanden.

»Wie wäre es mit einem Stück selbst gebackenen Kuchen? Ich habe mir gedacht, dass Sie nach der Hausbesichtigung vielleicht eine kleine Stärkung vertragen könnten.« Frau Brandt griff nach dem silbernen Tortenheber, mit dem sie für Alida ein großes Stück Streuselkuchen auf einen weißen Porzellanteller mit elegantem Rosenmotiv schob.

Eine gute Stunde später betrat Alida ein italienisches Restaurant am Savignyplatz in Berlin-Charlottenburg. Sie war dort mit einer befreundeten Designerin zum Mittagessen verabredet, um neue Projekte und insbesondere die geplante Weihnachtshaus-Sendung zu besprechen. Der Trubel in dem Lokal war das absolute Kontrastprogramm zu der idyllischen Atmosphäre in Frau Brandts Villa in Berlin-Grunewald. Statt melodischem Vogelgezwitscher war die Luft erfüllt von Stimmengewirr und klirrendem Besteck. Es war Mittagszeit, und fast jeder Platz war besetzt. Hinter der Theke erklang ein Zischlaut. Eine Mitarbeiterin mit langem zu einem Zopf geflochtenen Haar schäumte in einem silbernen Behälter Milch auf. Alida roch das Aroma von gemahlenen Kaffeebohnen, das sich mit dem von gebratenem Fleisch vermischte.

»*Buongiorno, signorina*«, begrüßte sie ein Servicemitarbeiter, der eine schwarze Weste über einem weißen Hemd trug und sein braunes Haar nach hinten gegelt hatte.

»Guten Tag«, entgegnete Alida. Der Mann nahm ihr galant die Jacke und den Schal ab und hängte beides an der Garderobe auf. »Vielen Dank. Ich habe einen Tisch für zwei Personen auf den Namen Jacobsen reserviert.«

»*Sì.* Folgen Sie mir bitte.« Der Kellner führte Alida flotten Schrittes zu dem reservierten Tisch, der sich in unmittelbarer Nähe einer Wand befand, an der mittig ein überdimensionaler Spiegel angebracht war. Rechts und links davon standen Regale, in denen sich Weinflaschen stapelten. Sie nahm auf der gepolsterten Sitzbank Platz und legte ihre Tasche neben sich ab.

»*Prego.*« Der Ober reichte ihr die Speisekarte. »Darf ich Ihnen schon etwas zu trinken bringen?«

»Einen Milchkaffee bitte. Mit der Auswahl des Essens möchte ich noch warten, bis meine Freundin da ist.«

Der Kellner nickte und ging zurück zur Theke. Obwohl sie sich um eine Viertelstunde verspätet hatte, war sie noch vor Carolin eingetroffen. Aber Alida kannte ihre Freundin und machte sich keine Gedanken. Carolin würde bestimmt gleich da sein.

Alida nahm ein Haargummi aus ihrer Tasche und drehte sich zur Wand, um einen prüfenden Blick in den Spiegel zu werfen. Ihre Wangen waren von der überhitzten Luft in dem Lokal leicht gerötet, und die Lachfältchen um ihre Augen kamen Alida etwas tiefer vor als sonst. Mit einer Hand fuhr sie sich durch ihre rötlich blonden Locken und band ihr Haar zu einem Knoten hoch. Sie wischte vorsichtig mit einem Finger unter ihren grünen Augen ein paar schwarze Partikel weg, die sich von ihren getuschten Wimpern gelöst hatten. Außer etwas Mascara und einem leicht rosé getönten Pflegestift für ihre Lippen benutzte Alida kaum Schminke, wenn sie nicht vor der Kamera stand. Sie mochte kein Make-up auf ihrer Haut, das ihr das Gefühl gab, eine Maske zu tragen. Allerdings verwendete sie an jedem Sommertag Sonnencreme, um ihre helle Haut zu schützen. Damit hatte Alida schon früh angefangen, und ihre Haut dankte es ihr. Sie hatte einen hellen, strahlenden Teint und ein paar Sommersprossen, mit denen sie sich allerdings erst hatte anfreunden müssen. Mittlerweile war sie mit ihrem Äußeren ganz glücklich.

Eine Bewegung zog ihre Aufmerksamkeit auf sich. Im Spiegel sah sie, wie sich die Ladentür öffnete und Carolin eintrat. Ihre Freundin war eine große und sehr schlanke Frau, immer perfekt und stilsicher zurechtgemacht. Carolin kombinierte am liebsten edle Materialien wie Kaschmir oder Seiden-Organza in Pudertönen mit schwarzen, weißen oder dunkelblauen Kleidungsstücken. Außerdem war sie eine der wenigen Frauen, der raspelkurze Haare gut standen. Neben ihr fühlte sich Alida wenig elegant, weil ihr eigener Kleidungsstil vor allem aus bequemen Klamotten wie Jeanshosen, lockeren Shirts und flachen Schuhen bestand. Schließlich musste sie sich schon für die Kamera zurechtmachen, da wollte sie es privat lieber entspannt angehen.

Der Kellner nahm Carolin die Jacke ab und führte sie zu Alida an den Tisch.

»Ich stand im Stau«, entschuldigte Carolin ihr Zuspätkommen und küsste sie zur Begrüßung links und rechts auf die Wange, wobei Alida den süßlichen Duft ihres Parfums einatmete, der sie unweigerlich an Karamellbonbons erinnerte.

»Macht nichts. Ich bin auch noch nicht lange hier. Mmhh, neues Parfum? Riecht gut«, sagte Alida.

»Danke.« Carolin setzte sich ihr gegenüber an den Tisch und roch an ihrem Handgelenk. »Das ist tatsächlich neu. Habe ich mir am Flughafen in Düsseldorf gekauft«, antwortete sie und wandte sich dann an den Kellner. »Könnten Sie mir bitte ein Wasser mit Zitrone bringen?«

Er deutete eine leichte Verbeugung an und verschwand wieder zur Theke. Carolin blätterte in der Speisekarte herum. »Ich glaube, ich nehme bloß einen Salat. Mir liegen die Lachshäppchen von meinem letzten Kundentermin noch im Magen.«

»Viel mehr werde ich auch nicht schaffen. Bei meinem Termin gab es zwar keine Lachshäppchen, aber dafür

Streuselkuchen. Selbst gemachten. Deswegen habe ich mich auch nicht beherrschen können und gleich zwei Stücke vertilgt«, gab Alida grinsend zu.

Der Kellner servierte den Milchkaffee und das Wasser.

»Also, solche Termine möchte ich auch gerne haben. Selbst gemachter Kuchen, wie lecker. Ich kann diese Häppchen und Bürokekse nicht mehr sehen. Die schmecken überall gleich.«

»Ich kann Frau Brandt ja fragen, ob sie den Streuselkuchen noch mal backt, wenn wir sie demnächst besuchen.«

»Wer ist denn Frau Brandt? Und wieso besuchen?«, fragte Carolin.

»Frau Brandt wohnt in einer wunderhübschen Villa in Berlin-Grunewald, die perfekt in unsere Weihnachtssendung passt«, verkündete Alida.

»Das klingt ja großartig! Dann können wir endlich mit dem Planen beginnen«, freute sich Carolin. Sie stellte das Wasserglas ab und tippte auf ihrem Smartphone herum. »Wann könntest du einen nächsten Termin mit ihr ausmachen, damit ich mir schon mal ein Bild von dem Haus machen kann? Ich hätte zum Beispiel übermorgen noch etwas Luft.«

»Übermorgen klappt bestimmt.« Alida erzählte Carolin von der alten Dame und beschrieb ihr auch gleich die Einrichtung und Aufteilung der Villa. Auf ihrem Handy zeigte sie ihrer Freundin die Fotos, die sie von Haus und Garten gemacht hatte.

»Wirklich wunderschön.« Fasziniert betrachtete Carolin die Aufnahmen, nachdem der Kellner ihre Essensbestellungen entgegengenommen hatte. »Und überaus idyllisch mit dem See, dem bezaubernden Bootssteg und den ganzen kleinen Erkern.«

»Nicht wahr?«

»Eigentlich viel zu schade, um dort alleine zu wohnen. Mit so einem Anwesen könnte man so viel mehr machen.«

»Verkaufen wird sie es nicht. Das kannst du dir abschminken.« Alida zwinkerte Carolin zu.

»Ach, wer redet denn hier von kaufen? Das meine ich doch gar nicht.« Sie hob abwehrend die Hände. »Ich dachte eher daran, dass sich so eine Villa ideal als Ort für Veranstaltungen eignet. Kunstausstellungen, zum Beispiel. Apropos Ausstellungen, da fällt mir ein, ich wollte dir noch unbedingt etwas erzählen.« Carolin beugte sich vor.

»Falls du mich zu einer Veranstaltung einladen willst, muss ich dir für dieses Jahr leider einen Korb geben. Bis Weihnachten bin ich komplett mit der Arbeit für die Weihnachtsdeko-Sendung beschäftigt.«

»Eigentlich wollte ich dir von der Vernissage erzählen, bei der ich am letzten Wochenende war.«

»Ach so. Na dann mal los«, forderte Alida ihre Freundin auf.

»Also, die Vernissage an sich war nicht außergewöhnlich. So wie eine Vernissage eben ist. Aber die Gäste waren es. Genauer gesagt einer der Gäste.«

»Aha! Ein Künstler etwa?«, fragte Alida interessiert.

»Nein. Obwohl, ja.«

»Also doch ein Künstler?«

»Ein Rechtsanwalt. Weil Rechtsverdrehung sicherlich auch eine Art Kunst ist«, Carolin kicherte.

»Du und ein Anwalt?«, fragte Alida verwundert, ließ sich aber von der guten Stimmung ihrer Freundin anstecken. »Das sind ja ganz neue Töne. Sind solche Leute dir bisher nicht immer – ich zitiere – ›zu bieder und farblos‹ gewesen?«

»Bislang schon. Aber da kannte ich Lutz auch noch nicht. Er ist zwar Anwalt, aber nebenbei malt er und stellt seine Werke aus. Und du solltest seine Bilder sehen. So etwas Ausgefallenes und Kreatives habe ich lange nicht gesehen«, schwärmte Carolin und erzählte ihr ausführlich von ihrer Begegnung mit dem attraktiven Juristen.

»Klingt spannend. Seht ihr euch wieder?«, fragte Alida interessiert.

»Das hoffe ich. Ich habe ihm meine Visitenkarte gegeben, und er meinte, dass er sich meldet. Das macht er bestimmt. Ich freue mich so. Wann habe ich das letzte Mal einen wirklich interessanten Mann kennengelernt?«

»Dürfte schon ein Weilchen her sein«, antwortete Alida.

»Das stimmt. Jedoch nicht so lange wie bei dir. Seitdem wir uns kennen, hast du mir gegenüber jedenfalls nie einen Mann erwähnt. Gibt es eigentlich mittlerweile jemanden?«

»Ach.« Alida wiegelte die Frage mit einer Handbewegung ab. »Wann soll ich denn noch Zeit für eine Beziehung haben? Der Tag hat doch nur vierundzwanzig Stunden. Neben meinem Job bleibt nicht mal genügend Zeit, um regelmäßig Fenster zu putzen. Zumal ich in den letzten Jahren auch keinem Mann begegnet bin, der mein Herz hätte erobern können.«

Der Kellner servierte die Salate, und Carolin bestellte ein weiteres Getränk.

»Sieht sehr lecker aus.« Zufrieden inspizierte Alida die Steinpilze auf dem Rucola-Salat mit Parmesan.

»Schmeckt auch gut«, gab Carolin zurück und schob sich eine zweite Gabel mit Salatblättern in den Mund. »Du solltest mich unbedingt zur nächsten Vernissage begleiten. Es könnte ja sein, dass dir dabei auch jemand Interessantes über den Weg läuft. Man weiß ja nie.«

Alida lachte auf. »Du meinst, dein Lutz hat einen Bruder, den ich ganz toll finden würde?«

»So ungefähr«, entgegnete Carolin und lachte ebenfalls.

»Wenn das mal so einfach wäre.« Nachdenklich stocherte Alida in ihrem Salat. Es war lange her, dass sie das letzte Mal Herzklopfen in der Gegenwart eines Mannes verspürt hatte. Die Sache mit Gregor war bloß eine kurze Liebelei gewesen. Sie hatte ihn im Urlaub auf Korsika kennengelernt und zehn unbeschwerte Tage mit ihm verbracht. Danach gab es noch ein Treffen in Hamburg, einige Telefonate, bis der Kontakt irgendwann eingeschlafen war. Das war mittlerweile fünf Jahre her. Inzwischen war sie 39. »Manchmal beschleicht mich der Gedanke, dass ich mittlerweile gegen die Liebe immun sein könnte und deswegen keinen Mann mehr kennenlerne, bei dem es funkt.«

Ihre Freundin schüttelte energisch den Kopf. »Das ist doch Quatsch! Gegen die Liebe ist niemand immun. Du bist eben bisher keinem passenden Mann begegnet. Doch das wird unter Garantie früher oder später passieren. Und besonders dann, wenn du nicht damit rechnest.«

»Meinst du?«

»Natürlich!« Carolin hob eine Augenbraue. »Oder glaubst du, ich habe damit gerechnet, einen interessanten Typen auf einer Vernissage zu treffen, der noch dazu der ausstellende Künstler ist?«

»Wohl kaum.«

»Eben.« Carolin zwinkerte ihr aufmunternd zu.

Alida lächelte und ließ die Aussage ihrer Freundin so stehen. Sie lenkte das Gespräch wieder auf das Projekt Weihnachtshaus, und gemeinsam sammelten sie erste Ideen für die Dekoration von Frau Brandts Villa.

Nach dem Essen verabschiedete sich Alida von ihrer Freundin mit dem Versprechen, einen baldigen Termin mit Frau Brandt für die Besichtigung der Villa auszumachen, und ging zu ihrem Auto. Bevor Alida nach Hause fuhr, wollte sie noch schnell einem Kreativladen einen Besuch abstatten, um nach schönen Stoffen für die weihnachtliche Dekoration zu schauen. Doch aus schnell wurde nichts. Die Straßen waren genauso verstopft wie auf der Hinfahrt zum Restaurant. Im Schneckentempo tuckerte Alida inmitten einer Blechlawine durch die Straßen. Dabei dachte sie wieder über das Gespräch mit Carolin und deren Liebesvorhersage nach. Insgeheim bezweifelte sie Carolins Prognose stark und tat sie eher als Floskel ab. Was hätte ihre Freundin ihr auch sonst sagen sollen? Alida hielt es für sinnvoller, im Kopf ihre Einkaufsliste durchzugehen, anstatt sich über ihr nicht vorhandenes Liebesleben den Kopf zu zerbrechen.

2. Kapitel

Stoff- und Kurzwaren Becker seit 1952 stand in goldenen Lettern oben auf dem Schaufenster. Hinter der großen Glasscheibe waren allerhand Stoffe um eine antike Tischnähmaschine von Singer mit Fußantrieb drapiert. Neben typischen weihnachtlichen Motiven mit Engeln und Sternen schienen in diesem Jahr besonders Stoffe mit Abbildungen von Schleifen, goldenen Eicheln und weihnachtlichen Einhörnern angesagt zu sein. Alida liebte die Weihnachtszeit ganz besonders, weil sie wie keine andere zum festlichen Schmücken und Dekorieren einlud. Meistens überlegte sie schon Ende September, in welchem Deko-Stil sie ihre vier Wände für das kommende Weihnachtsfest schmücken wollte, und konnte es kaum erwarten, damit im November endlich loszulegen.

Als Alida die Tür des kleinen Geschäfts aufdrückte, erklang das leise Bimmeln der alten Ladenglocke, die am oberen Holzrahmen der Tür befestigt war. Sofort umfing sie die Atmosphäre einer scheinbar vergangenen Zeit. Auf großen Tischen stapelten sich verschiedenste Stoffe als Meterware. In einem hohen Regal dahinter befand sich eine große Auswahl an Nähzubehör. Reißverschlüsse in den verschiedensten Größen, Knöpfe und Nähgarne in sämtlichen Farben, Nähnadeln, Scheren, Kordeln und Bänder sowie Polsterwatte und Futterstoff. Auf der gegenüberliegenden Seite wurden Strick-Fans fündig. Dort stapelten sich Strickwolle, Häkelgarn und Stricknadeln in den unterschiedlichsten Ausführungen.

Dieser Laden ließ Nostalgie in Alida aufsteigen, und sie wünschte sich, dass es überall so entschleunigt zuging wie hier. Keine Computer, kein hektisches Treiben. Außer Alida und zwei Frauen mittleren Alters, die verschiedene Wollknäule begutachteten, waren keine Kunden im Laden.

»Guten Tag, Frau Jacobsen.« Frau Becker, die den Laden in der zweiten Generation führte, kam freudig auf Alida zu und schüttelte ihr zur Begrüßung die Hand. Alida mochte Frau Beckers persönliche Art. Die kompetente Geschäftsinhaberin kannte alle ihre Stammkunden mit Namen, und jeder erhielt bei ihr eine fachkundige Beratung. Egal, ob man einen Knopf oder hundert Meter Stoff kaufte. Hier war der Kunde noch König und wurde ganz nach der alten Schule bedient, was vermutlich einer der Gründe dafür war, dass sich der Laden hielt. »Ich habe Sie schon vermisst.«

»Guten Tag, Frau Becker. Ich wollte eigentlich schon vor zwei Wochen vorbeischauen, aber es ist mir immer etwas dazwischengekommen. Sie wissen ja, wie das ist.«

»Wie schön, dass es jetzt geklappt hat. Vor drei Tagen haben wir etliche neue Weihnachtsstoffe bekommen, da habe ich sofort an Sie gedacht«, erzählte Frau Becker, die um Alidas Leidenschaft für das Fest der Liebe wusste.

»Dürfte ich die neuen Stoffe mal sehen? Ich suche etwas Besonderes für meine Weihnachtssendung, etwas, das nicht jeder Zuschauer zu Hause hat.«

»Modern oder klassisch?«

»Klassisch bis nostalgisch würde ich sagen. Ich möchte eine alte Jugendstilvilla in Berlin-Grunewald weihnachtlich dekorieren.« Alida überlegte kurz. »Das Endergebnis soll jedenfalls so aussehen, dass die Zuschauer den Eindruck bekommen, sie wären nicht in der Weihnachtszeit des Jahres 2018, sondern in der um 1900 gelandet. Es soll möglichst authentisch auf die Leute wirken, sie für eine kurze Zeit an den Anfang des letzten Jahrhunderts entführen. Wissen Sie, was ich meine?«

Frau Becker lächelte. »Ich glaube, ich habe genau das, wonach Sie suchen. Kommen Sie mal mit.«

Die Inhaberin des Ladens ging mit Alida zu dem hinteren Tisch, der sich in der Nähe der Kasse befand. Dort lagen etliche Stoffrollen. Frau Becker nahm eine Rolle und breitete einige Meter Stoff vor sich und Alida aus.

»Das ist hochwertiger Gobelin mit nostalgischen weihnachtlichen Motiven.«

Überwältigt betrachtete Alida den Stoff. »Wow! Genau so etwas habe ich gesucht.« Sie strich leicht über die Oberfläche und studierte die altertümlichen Abbildungen von Weihnachtsbäumen, Schaukelpferden, einem verschneiten Dorf, dem Weihnachtsmann auf dem Dach und Kindern, die eine Schneeballschlacht machten.

»Das Muster ist eingewoben«, erklärte Frau Becker. »Gobelin ist sehr hochwertig, zwar ein wenig schwerer als herkömmliche Stoffe, aber dennoch angenehm weich. Er eignet sich hervorragend für Innenraum-Dekorationen. Sie können damit Kissenhüllen oder Tagesdecken nähen, Raumteiler oder blickdichte Vorhänge. Der Stoff eignet sich zudem ideal zum Schneidern von Accessoires. Eine Kundin hat sich in diesem Jahr eine wunderhübsche Tasche daraus genäht. Allerdings keine mit Weihnachtsmotiven, sondern eine mit Blumen. Passend zum Frühjahr«, erzählte Frau Becker.

»Das ist wirklich fantastisch!« Alida war begeistert. Der Stoff passte perfekt zu Frau Brandts Villa. »Könnte ich davon ein Muster mitnehmen?«

»Selbstverständlich. Mache ich Ihnen gleich fertig.« Frau Beckers Blick glitt zur Kasse, an der nun die beiden Frauen warteten, die sich ebenfalls im Laden umgesehen hatten. »Einen Moment bitte, ich bin gleich wieder bei Ihnen.«

»Kein Problem.« Alida blieb an dem Tisch stehen. Während Frau Becker kassierte, schaute sie sich die Muster weiterer Stoffrollen an und entdeckte darunter noch zwei, von denen sie ebenfalls Muster mitnehmen wollte. Langsam nahm das Weihnachtshaus vor ihrem geistigen Auge Gestalt an. Sie konnte die festliche Jugendstilvilla so klar vor sich sehen, als stünde sie mittendrin.

Auf dem Rückweg vom Stoffladen zu ihrer Wohnung machte sie noch kurz Halt bei einem Bastelladen. Danach war ihr Kofferraum randvoll mit Materialien, die sie für die Weihnachtsdeko in Frau Brandts Villa verwenden wollte. Auf halber Strecke klingelte plötzlich Alidas Handy in der Tasche, die sie auf den Beifahrersitz gelegt hatte. Sie fuhr weiter, bis sie in einer kleineren Straße rechts ranfahren konnte. Alida stellte den Motor ab und fischte das Smartphone aus der Tasche. Gunda, die Chefin ihrer TV-Produktionsfirma, hatte versucht, sie zu erreichen. Schnell tippte sie auf die Rückruftaste.

»Sunshine Media, Beetz«, meldete sich die Produzentin.

»Hallo, Gunda. Hier ist Alida. Ich habe gerade gesehen, dass du versucht hast, mich zu erreichen.«

»Gut, dass du dich meldest. Ich muss unbedingt mit dir sprechen. Nicht am Telefon. Kannst du im Büro vorbeikommen? Es ist dringend.« Gundas sonst so ruhige Stimme klang ungewohnt aufgewühlt.

Alida hatte keine Ahnung, was der Grund für Gundas Aufregung sein konnte. Normalerweise blieb die Produzentin sogar bei mittelschweren Katastrophen im TV-Alltag gelassen, die andere Leute längst auf die Palme gebracht hätten.

Jetzt wurde Alida mulmig zumute. »Ich bin gerade in der Nähe und könnte in einer Viertelstunde da sein«, bot sie an. »Passt das?«

»Ja. Bis gleich.« Gunda legte auf.

Als Alida die Büroräume der Produktionsfirma betrat, erwartete Gunda sie bereits. »Hallo, Alida.« Ihre Gesichtszüge wirkten angespannt, und zwischen den Augenbrauen der Produzentin bemerkte Alida eine tiefe Falte.

»Hallo, Gunda.«

»Lass uns in mein Büro gehen. Willst du was trinken?«, fragte sie.

»Im Moment nicht. Danke.«

Gunda ließ sie zuerst eintreten und schloss dann hinter ihnen die Tür. Sie setzte sich an ihren Schreibtisch. Alida nahm ihr gegenüber auf dem Besucherstuhl Platz. In dem Raum herrschte eine angespannte Stimmung, in der sich Alida unwohl fühlte.

»Ich habe übrigens eine sehr gute Nachricht. Heute habe ich die perfekte Location für unsere Weihnachtssendung gefunden«, sagte sie, um die Atmosphäre zu lockern. »Es ist eine hübsche Jugendstilvilla in Grunewald. Ein richtiger Traum. Das wird die Zuschauer umhauen. Und ich habe schon tolle Stoffmuster besorgt.«

Die Produktionschefin seufzte. Die Falte zwischen ihren Augen vertiefte sich.

»Der Fernsehsender hat sich heute wegen deiner Sendungen bei mir gemeldet. Ich habe leider keine guten Nachrichten für dich.« Gunda fuhr sich mit einer Hand über den Mund. »Ich weiß gar nicht, wie ich es dir sagen soll.«

»Sag es einfach direkt heraus.« Alida nahm die Schultern zurück und richtete sich kerzengerade auf.

Gunda faltete die Hände vor sich auf dem Tisch. »Entertainment Channel setzt deine Deko-Show mit sofortiger Wirkung ab«, ließ sie die Bombe platzen.

»Was?«, fragte Alida ungläubig. Sie hatte mit Sendeplatzverschiebungen oder anderen ungünstigen Veränderungen gerechnet, aber nicht mit dieser Hiobsbotschaft, die ihr den Boden unter den Füßen wegzog. Sie sackte zusammen, und in ihrem Kopf verknoteten sich die Gedanken zu einem Wirrwarr.

»Ich konnte es zuerst auch nicht glauben.«

»Aber wieso denn?«, fragte Alida fassungslos und sprang von ihrem Platz auf. »Das verstehe ich nicht.«

»Die letzte Sendung hat bloß eine Quote von unter fünf Prozent bei der relevanten Zielgruppe erreicht. Du weißt ja, was das heißt.«

»Die Sendung rentiert sich nicht, weil bei zu wenigen Zuschauern nicht genügend Einnahmen durch Werbespots erzielt werden«, sagte Alida leise und sank wieder zurück auf den Stuhl. Ihre Zukunftspläne stürzten wie ein Kartenhaus in sich zusammen.

»Darauf sind die Privaten angewiesen. Bei den öffentlich-rechtlichen Sendern wäre es anders gelaufen. Die hätten wenigstens noch die fertig produzierte Sendung ausgestrahlt.«

»Wie bitte? Die Sendung mit dem hübschen Holzhaus wird auch nicht mehr gezeigt? Das darf doch nicht wahr sein!«, rief Alida völlig entgeistert.

»Ich bin auch alles andere als glücklich darüber, das kannst du mir glauben. Aber ich kann nichts gegen die Entscheidung des Fernsehsenders ausrichten.« Gunda zuckte ratlos mit den Schultern.

Alida spürte, wie sich die Wut in ihrem Bauch staute. »Ich glaube das einfach nicht. Ich bin doch kein Gebrauchsgegenstand, den man einfach auf das Abstellgleis schiebt. So kann man doch nicht mit Menschen umgehen. Zuerst in den Himmel loben und dann wie eine heiße Kartoffel fallen lassen«, machte sie ihrem Unmut Luft.

»So tickt die Medienbranche nun mal. Leider. Vielleicht können wir zu einem späteren Zeitpunkt mit der Sendung weitermachen. Diese Möglichkeit hat uns die Redaktion jedenfalls in Aussicht gestellt. Besser als nichts.«

Das tröstete Alida nicht wirklich. »Was läuft denn ab nächstem Dienstag auf unserem Sendeplatz?«, fragte sie stattdessen.

»Neue Folgen einer Doku, bei der es um Kindererziehung geht.«

»Na, dann hoffe ich mal, dass die Redaktion sich die Sendung ansehen wird. Bessere zwischenmenschliche Umgangsformen könnten sie zumindest vertragen.« Alida erhob sich wieder von ihrem Stuhl.

Die Produzentin ging um den Tisch herum und legte ihr eine Hand auf den Arm. »Nimm es dir nicht allzu sehr zu Herzen, ja? Es hat nichts mit dir oder der Qualität der Sendung zu tun. Deinen Deko-Fundus kannst du bei uns weiterhin im Lager aufbewahren. Wie gesagt, vielleicht geht es ja doch irgendwann mit der Sendung weiter.«

Alida schulterte ihre Tasche und verließ mit gesenktem Kopf das Gebäude.

Nach dem Gespräch mit Gunda fuhr Alida nach Hause und parkte ihren Wagen am Straßenrand. Sie ging nicht hoch in ihre Wohnung, weil sie befürchtete, dass ihr da bloß die Decke auf den Kopf fallen würde. Stattdessen verschlug es sie in ein kleines Café, das zwei Straßen von ihrer Wohnung entfernt lag. Dort setzte sie sich an einen Tisch, der hinter einer großen Zimmerpflanze stand, und bestellte sich ein Glas Rotwein. Den Schock über das

Aus ihrer Sendung musste sie erst einmal verdauen! Warum musste ihr das ausgerechnet jetzt, kurz vor dem ersten Advent, passieren, wo sie endlich das perfekte Weihnachtshaus gefunden und die passende Deko dafür im Kopf hatte? Wie sollte sie bloß Frau Brandt erklären, dass es nun nichts mit dem Dekorieren wurde und die Sendung einfach abgesetzt worden war?

Alida fühlte sich miserabel. Frau Brandts enttäuschtes Gesicht konnte sie förmlich vor sich sehen. Aber auch ihre eigene Situation bereitete ihr große Sorgen, weil sie Honorarausfälle erwartete. Wo sollte denn nun das Geld herkommen? Zurückgelegt hatte sie nicht besonders viel, weil sie erst kürzlich die Wohnung gekauft hatte, in der sie lebte. Niemals hätte sie damit gerechnet, dass der Fernsehsender ihre Show ohne große Vorankündigung absägen und sie plötzlich auf der Straße stehen würde. Von den Werbeeinnahmen ihres Deko-Blogs allein konnte sie nicht leben. Zumal sich die Inhalte und angebotenen Produkte der Sponsoren auf die aktuellen Sendungen bezogen, die es ab sofort nicht mehr gab. Ein Riesenschlamassel war das! Ratlos schaute sie sich noch einmal die Fotos auf ihrem Handy an, die sie von der Villa gemacht hatte. Es wäre so eine schöne Weihnachtssendung geworden. Was sollte sie jetzt bloß tun?

3. Kapitel

Es war halb sechs, als Alida das Café im Stadtteil Prenzlauer Berg verließ und zurück zu ihrer Wohnung lief. Als sie die schwere Haustür aufschloss, musste sie daran denken, dass ihre Welt noch in Ordnung gewesen war, als am Morgen die Tür hinter ihr zugefallen war. Sie knipste das Flurlicht an, schloss den Briefkasten auf und entnahm ihre Post. Zwei Briefe sahen verdächtig nach Rechnungen aus, die schob sie vorsorglich zwischen die Seiten eines Modekatalogs. Damit will ich mich nicht auch noch belasten, dachte sie und stieg die Treppen hoch, die unter ihren Füßen knarzten.

Ihre Wohnung lag im dritten Stock eines schicken Altbaus mit hohen stuckverzierten Decken und Parkettboden. Auf dem Esstisch im Wohnzimmer stapelten sich aufgeschlagene Kataloge mit Weihnachtsdekoartikeln, die sie von der letzten Messe mitgenommen hatte. Alida musste schlucken, legte die Prospekte ordentlich übereinander und verstaute sie in einer unteren Schublade in ihrem Sideboard. Dieses Jahr werde ich die Kataloge nicht mehr brauchen, dachte sie betrübt. Noch immer konnte sie nicht glauben, was heute passiert war. Ihre berufliche Existenz war in sich zusammengefallen. Geldsorgen hatte sie schon lange nicht mehr gehabt, aber darüber würde sie sich später Gedanken machen. Ihr Blick fiel auf ihr Telefon, das auf dem Couchtisch lag. Carolin, schoss es ihr durch den Kopf. Meine Güte, sie wusste noch nichts davon, dass die Weihnachtssendung geplatzt war. Alida richtete sich auf und wählte die Nummer ihrer Freundin. Nach dem zweiten Klingeln hörte sie Carolins Stimme. Im Hintergrund klapperten Töpfe – offenbar stand sie gerade in der Küche und kochte. Bei ihrem gemeinsamen Restaurantbesuch hatte sie Alida erzählt, dass heute ihre Schwester zum Abendessen vorbeikommen würde. Trotzdem hatte Carolin ein offenes Ohr, und Alida erzählte ihr von dem Gespräch mit Gunda.

»Ich kann es gar nicht glauben! Deine schöne Sendung! Die spinnen doch komplett beim Fernsehen, dieses tolle Format einfach abzusetzen! Also, wirklich …«, sagte ihre Freundin entrüstet.

Carolins Empörung tröstete Alida in diesem Moment sehr. Gute Freunde regten sich zusammen auf und verzichteten bewusst auf ein »Kopf hoch, das Leben geht schon irgendwie weiter«. Das wollte man kurz nach einer Hiobsbotschaft wirklich nicht hören. Nein, da wollte man sich lautstark ärgern und am liebsten nicht allein. Da ging das Leben eben nicht weiter, sondern stand für eine Weile still.

»Was sagt denn Frau Brandt dazu, dass ihr Weihnachtshaus ins Wasser fällt?«

Alida hörte im Hintergrund das Brutzeln von Fett in einer Pfanne. »Ich habe es ihr noch nicht gesagt«, gab sie zu. »Das mache ich morgen.«

»Und wie soll es jetzt bei dir weitergehen?«, stellte Carolin die entscheidende Frage. »Hast du schon einen Plan?«

Alida seufzte und schloss kurz die Augen. »Ich habe nicht die geringste Ahnung. Bis vor ein paar Stunden hätte ich im Traum nicht damit gerechnet, dass ich heute Abend arbeitslos sein würde. Ich kann es immer noch nicht richtig fassen.«

»Also, ich kann mir nicht vorstellen, dass du lange ohne Job bleiben wirst. Dafür bist du viel zu bekannt, und außerdem kennst du doch einen Haufen Leute aus der TV-Branche.«

»Ja, aber vor allem kenne ich viele Fernsehleute, die trotz ihrer Bekanntheit keinen Job haben. Obwohl sie flexibel sind und ein Quiz genauso gut moderieren könnten wie eine Talkshow. Bei mir kommt jedoch erschwerend hinzu, dass ich nur Inneneinrichtungen gestalten und Häuser umbauen kann und bisher bloß Dokus gedreht habe. Ich bin, wie meine Sendung ja auch heißt … ich meine, hieß ›Die Wohnexpertin‹. Außerdem haben wir Ende November, fast Dezember. Dieses Jahr passiert nichts mehr. Die Planungen gehen frühestens Mitte Januar wieder los. Wenn überhaupt …«

»Schöner Schlamassel.« Carolin füllte hörbar Wasser in ein Gefäß. »Also, wenn du was brauchst, Geld oder sonst etwas, dann sag bitte Bescheid.«

»So weit kommt es noch!«

»Im Ernst, ich helfe dir gerne. Dafür sind Freunde doch da. Manchmal muss man seinen Stolz überwinden.«

»Das ist wirklich lieb von dir, aber im Moment komme ich finanziell klar«, sagte Alida, ohne zu erwähnen, dass dieser Zustand höchstens vier Wochen anhalten würde und sie danach arm wie eine Kirchenmaus wäre. »Wie dem auch sei, ich wollte dir eigentlich nur sagen, dass ich dich gerne auf die nächste Vernissage begleiten möchte. Genügend Zeit habe ich ja jetzt«, wechselte Alida das Thema. Immerhin war ihr der Humor nicht abhandengekommen.

Carolin lachte. »Prima! Ich gebe dir Bescheid, wann die nächste Ausstellung stattfindet.«

Die Freundinnen verabschiedeten sich voneinander.

Alida schaltete den Fernseher ein und zappte durch die verschiedenen Sender. Von einer Kochshow schaltete sie weiter zu einer Daily-Soap, dann zu einer Dokumentation über Schildkrötenzüchter und blieb letztlich bei einer Nachrichtensendung hängen, die sie nur unaufmerksam verfolgte. Nichts konnte sie von ihrer Misere ablenken. Keine zehn Minuten länger hielt sie es in ihrer Wohnung aus. Sie musste raus und den Kopf frei bekommen. Also schlüpfte sie wieder in ihre bequemen Stiefel, zog sich den gefütterten Parka über und schlang sich ihren Schal um den Hals. Am Straßenrand vor ihrem Auto blieb sie stehen. Und nun?

Alida wandte sich um und ging flotten Schrittes den Bürgersteig entlang. Ein strammer Spaziergang war genau das, was sie jetzt brauchte. Bewegung an der frischen Luft hatte ihr meistens geholfen, ihre Gedanken zu ordnen und Probleme zu lösen.

Nur wenige Leute kamen ihr entgegen. Eine Frau mit ihrem Dackel, der gegen die Kälte einen grünen Hundepullover trug, ein junger Typ auf einem Longboard mit Kopfhörern auf den Ohren. An einer Straße musste sie warten, weil die Ampel auf Rot stand. Alida schaute zur anderen Seite hinüber. Bunte Lichter erregten ihre Aufmerksamkeit. Auf dem Platz vor der Kirche entdeckte sie einen kleinen Weihnachtsmarkt. Die Ampel sprang auf Grün, und die Leute setzten sich in Bewegung. Sie liebte Weihnachtsmärkte, seit sie ein kleines Mädchen war. Ihre Stimmung hellte sich auf. Genau das brauchte sie jetzt. Sie wollte nicht alleine sein. Unter Leuten würde sie sich bestimmt weniger einsam fühlen. Ja, das war im Moment genau das Richtige für sie.

Vor der Kirche standen Holzbuden im Kreis aufgebaut, deren Dächer mit Tannenzweigen verziert und an denen Lichterketten befestigt waren, die die abendliche Dunkelheit erhellten. Der Duft von gebrannten Mandeln und leckeren Reibeplätzchen lag in der Luft. Neben dem Eingang der Kirche befand sich eine kleine Bühne, auf der ein Chor Weihnachtslieder sang. Neben den obligatorischen Buden, die glasierte Äpfel, Bratwürste und Fritten oder Waffeln anboten, entdeckte Alida auch einen Stand mit altertümlichem Kinderspielzeug und geschmackvollen Dekoartikeln. Eine Familie mit zwei kleinen Kindern, einem Jungen und einem Mädchen, durchstöberte die angebotene Ware.

»Genauso eine wünsche ich mir zu Weihnachten!«, rief der Junge aufgeregt und zeigte auf eine Ritterburg aus Holz mit roten Fahnen auf den Türmen und einer Zugbrücke, die hoch- und runtergeklappt werden konnte.

Sein Vater legte ihm lächelnd eine Hand auf die Schulter. »Die Burg schreiben wir auf den Wunschzettel an den Weihnachtsmann.«

Der Junge klatschte begeistert in die Hände. »Und was auf meinem Wunschzettel steht, bekomme ich auch!«

Die Mutter schmunzelte und hob das Mädchen auf den Arm, damit die Kleine sich die Spielsachen besser ansehen konnte.

Dieser unerschütterliche kindliche Glaube an den

Weihnachtsmann ließ Alida lächeln. Sie sah der Familie hinterher, die kurz darauf zu einem Fahrgeschäft weiterging. Sie wirkten sehr glücklich. Die Eltern hielten sich an den Händen, und ihre Kinder hüpften vor Vorfreude auf die Fahrt mit dem Karussell wild herum. Alida seufzte unwillkürlich und spürte, wie ihr das Herz bei so viel Glück schwer wurde. Es half ihr nicht, unter Leuten zu sein. Statt sich weniger einsam zu fühlen, wurde ihr die eigene Einsamkeit nur umso deutlicher bewusst. Der Anblick von glücklichen Familien führte ihr vor Augen, was sie nicht hatte.

Die Lust auf einen Glühwein war ihr gründlich vergangen. Stattdessen machte sie sich traurig auf den Heimweg.

Zurück in ihrer Wohnung drehte Alida als Allererstes die Heizung höher und schaltete das Radio an. Sie mochte die Stille nicht. Im Wohnzimmer bemerkte sie, dass ihr Festnetztelefon blinkte. Sie öffnete die Liste der verpassten Anrufe. Ihre Eltern hatten dreimal versucht, sie zu erreichen. Wahrscheinlich wollten sie wissen, wie es ihr ging und ob sie sie demnächst mal wieder in Lüneburg besuchen kam. Alida rieb sich mit den Fingern über die Augen und ließ das Telefon sinken. Auch das noch … Sie hatte überhaupt keine Lust darauf, ihren Eltern von ihrem Jobverlust zu erzählen. Zuerst musste sie selbst damit klarkommen.

Nach dem Besuch auf dem Weihnachtsmarkt war sie ganz durchgefroren, und sie beschloss, sich ein wärmendes Bad zu gönnen. Während das heiße Wasser in die Wanne lief, streute Alida Lavendelbadesalz hinein. Sie zündete ein paar Kerzen an und schenkte sich ein Glas Rotwein ein, das sie auf das Badewannenbrett stellte. Dann stieg sie vorsichtig in das dampfende Wasser. Das tat gut. Alida schloss die Augen. Eine angenehme Schwere breitete sich in ihrem Körper aus. Wie hatte es nur zu dieser Katastrophe kommen können? fragte sie sich wieder und wieder. War es am Ende sogar ihre Schuld gewesen, dass sie ohne Job dastand? Ihre Eltern würden das vermutlich sofort bestätigen. Sie konnte die vorwurfsvolle Stimme ihrer Mutter im Geiste hören: *»Hättest du deinen Sachbearbeiterjob bei der Krankenkasse nicht gekündigt, dann wäre dir das nicht passiert. Das war eine bombensichere Anstellung. Andere Leute würden sich die Finger nach so einer Arbeit lecken.«*

Ja. Schon. Aber wie viel Spaß machte Sicherheit? In ihrem alten Job hatte sie sich pausenlos gelangweilt und alle fünf Minuten auf die Uhr geschaut. War das der Sinn des Lebens, immer schön auf der sicheren Seite zu sein? Hatte sie leichtsinnig gehandelt, als sie zum Casting für die Sendung gegangen war und nach der Zusage ohne zu zögern aus ihrem Hobby den langersehnten Beruf gemacht hatte? Ja, vielleicht. Aber war es wirklich so falsch gewesen, dass sie ihre Träume verwirklicht hatte, selbst wenn der Job ein Risiko bedeutete? Nein, war es nicht. Auch wenn sie jetzt dafür die Quittung erhielt.

Trotz ihres Trübsinns über die aktuelle Situation würde sie jedes Mal wieder die gleiche Entscheidung treffen. Sie dachte an verschiedene Fernsehkollegen, die ein ähnliches Schicksal ereilt hatte. Eventuell gehörten solche arbeitsfreien Phasen einfach dazu, wenn man in dieser Branche arbeitete. Man musste eben schauen, wie man sie überbrückte.

Das Einzige, was sie mit dem Wissen des heutigen Tages nicht getan hätte, wäre der Wohnungskauf gewesen. Damit hätte sie besser noch gewartet. Eine Immobilie hätte sie auch problemlos zu einem späteren Zeitpunkt gefunden. Doch jetzt war es nun einmal so, wie es war, und das Geld steckte in ihren eigenen vier Wänden. Alida trank einen Schluck Wein. Ihre Gedanken wanderten zu dem Weihnachtsmarktbesuch zurück. Wie hatten die Augen des kleinen Jungens geleuchtet, als er über seinen Wunschzettel gesprochen hatte! Ein Lächeln breitete sich auf ihrem Gesicht aus. Sie beneidete die Kinder um ihre Unbeschwertheit und den Glauben daran, dass sich ihre Wünsche erfüllten.

Vorsichtig stellte Alida das Weinglas ab. Dann lehnte sie sich mit dem Oberkörper über den Wannenrand und griff nach einem Notizblock und einem Bleistift, die in einem Regal auf Handtüchern lagen. Auf dem ersten Blatt hatte sie Dinge für einen Einkauf notiert, der längst erledigt war. Alida riss das Blatt ab und ließ es neben der Badewanne auf den Boden segeln. Sie starrte auf das weiße Blatt Papier und kaute dabei auf dem Stift herum. *Wunschzettel* notierte sie als Überschrift und schüttelte dabei den Kopf. Sie war sich darüber bewusst, dass dies hier eine reine Verzweiflungstat war. Sie setzte die Bleistiftspitze wieder auf das Blatt und begann zu schreiben: *Ich wünsche mir:*

1. *weiterhin mit Dekorationen mein Geld verdienen zu können*
2. *und ein zweites Standbein zu haben, das mir ein zuverlässiges Einkommen garantiert*
3. *dass ich mich nicht mehr einsam fühle*
4. *einen Hund als Haustier*
5. *mehr Zeit neben der Arbeit zu haben, um sie mit Freunden zu verbringen*
6. *dass Carolin recht hat und ich mich neu verliebe*
7. *endlich wieder glücklich zu sein*

Alida schaute von dem Blatt hoch und in die Richtung des Korridors. Die Badezimmertür hatte sie offen gelassen. Ihr Blick fiel auf drei übereinander gestapelte Umzugskartons, die sie damals nach dem Einzug in dem schmalen Gang abgestellt hatte. Längst sollten sie dort nicht mehr stehen. Doch seitdem sie als Moderatorin gearbeitet hatte, hatte sie noch nicht einmal die Zeit gefunden, alle Kartons auszupacken und es sich in ihrer Wohnung gemütlich zu machen. Die »Wohnexpertin«, die für andere Leute ein behagliches Zuhause schuf, lebte selbst in einer nicht sonderlich gemütlichen Wohnung.

Sie fröstelte. Höchste Zeit, aus dem mittlerweile abgekühlten Badewasser zu steigen, sich in einen flauschigen Bademantel zu kuscheln und dicke Haussocken anzuziehen.

Alida wollte den Wunschzettel nach dem Bad in kleine Stücke reißen und ihn im Müll entsorgen. Schließlich war sie kein kleines Mädchen mehr und wusste spätestens seit ihrem neunten Lebensjahr, dass es den Weihnachtsmann nicht gab. Damals hatte sie ihre Geschenke zufällig im Bettkasten ihrer Eltern entdeckt und so ihrer kindlichen Illusion vom Mann mit dem Rentierschlitten ungewollt ein Ende bereitet.

Der Wunschzettel landete jedoch nicht im Mülleimer, sondern zusammengefaltet im hintersten Fach ihres Portemonnaies. Ein bisschen abergläubisch war sie schon, das musste sie zugeben. Ihr kam der Gedanke, dass das Wegschmeißen von Wünschen am Ende noch mehr Unglück bringen könnte. Das wollte sie unbedingt vermeiden. Wenigstens bis Weihnachten wollte sie den Zettel in ihrer Geldbörse aufbewahren.

Alida steckte das Portemonnaie zurück in ihre Handtasche und musste gähnen. Das Bad hatte sie entspannt und unglaublich schläfrig gemacht. Am liebsten wäre sie sofort ins Bett gegangen. Doch dann fiel ihr der Anruf ihrer Eltern wieder ein. Sie wollte sich zumindest kurz bei ihnen melden. Über ihren Job musste sie ja nicht unbedingt reden. Vielleicht gab es auch einen wichtigen Grund, warum ihre Eltern sie angerufen hatten. Immerhin hatten sie es dreimal probiert.

Sie ging zurück ins Wohnzimmer, schnappte sich das Telefon und ließ sich auf die Couch sinken. Das elektronische Geräusch der Wahlwiederholung erklang aus dem Hörer, und wenig später tutete es. Nach dem zweiten Mal wurde schon abgehoben.

»Alida?«, meldete sich ihre Mutter.

Sie hörte sofort am Klang der Stimme ihrer Mutter, dass etwas nicht stimmte. »Hallo Mama. Ich habe gesehen, dass ihr versucht habt, mich zu erreichen?«

»Ja.« Ihre Mutter gab ein schniefendes Geräusch von sich.

»Mama! Was ist denn los?«, fragte Alida alarmiert und wechselte den Hörer ans andere Ohr. Sie schlang einen Arm um ihren Oberkörper und merkte, wie sich ihr Herzschlag beschleunigte.

»Es ist wegen Nani. Ich weiß gar nicht, wie ich es dir sagen soll …« Ihre Mutter klang verzweifelt.

»Was ist mit Nani? Ist etwas passiert?«, fragte Alida besorgt. Nani war der Kosename für ihre Großmutter. Alida ärgerte sich über sich selbst, dass sie sich schon ein paar Tage nicht mehr bei ihrer Familie gemeldet hatte, und in Lüneburg war sie auch länger nicht mehr gewesen.

»Oma Nani ist gestorben. Ganz plötzlich. Wir haben es nicht kommen sehen. Sie war noch zum Mittagessen bei uns. Als dein Vater zum Kaffee zu ihr rübergegangen ist, lag sie leblos im Sessel, die Zeitung auf dem Schoß. Erst dachte er, sie sei eingeschlafen, aber als sie nicht mehr reagierte, haben wir den Notarzt gerufen. Deine Omi hatte einen Herzinfarkt«, erklärte Alidas Mutter mit trauriger Stimme.

»Nein!« Alidas Schultern sackten nach vorne, und sie spürte, wie sich Tränen in ihren Augen sammelten. Das konnte doch nicht wahr sein!

»Dein Papa ist am Boden zerstört. Deswegen habe ich so oft versucht, dich zu erreichen. Es gibt so viel zu organisieren. Wir müssen Omas Beerdigung vorbereiten. Ich weiß gar nicht, wo mir der Kopf steht.«

»Mama, ich komme. Morgen früh fahre ich los. Ich helfe euch natürlich mit allem«, versprach Alida und beendete kurz darauf das Gespräch mit ihrer Mutter. Sie ließ sich nach hinten gegen die Couch fallen und presste ihre Handflächen vor die Augen. Zuerst war ihr Job weg, und nun war auch noch ihre Oma Nani tot. Sie konnte nicht fassen, dass der Tag noch schlimmer hatte werden können …

4. Kapitel

Alida erwachte ungewöhnlich früh. Draußen war es noch dunkel, und der helle Schein der Straßenlaternen fiel gedämpft durch die Vorhänge in ihr Schlafzimmer.

Obwohl sie recht schnell eingeschlafen war, fühlte sie sich wie gerädert. Langsam setzte sie sich im Bett auf und warf einen Blick auf ihren Radiowecker. Es war noch nicht mal sieben.

Schließlich schlug sie die Bettdecke zurück und machte sich auf den Weg ins Bad, um sich die Zähne zu putzen. Danach ging sie in die Küche, setzte Kaffee auf und schmierte sich ein Brot mit Schokocreme. Während sie die erste Tasse Kaffee trank, dachte sie wehmütig an ihre Oma, an die Sommernachmittage in ihrem Garten, als sie Kirschen geerntet und eingemacht hatten. Jeden Nachmittag war sie nach der Schule erst mal zu ihrer Oma gegangen und hatte dort schöne Stunden mit ihr verbracht, bis ihre Mutter sie nach ihrer Schicht im örtlichen Krankenhaus abgeholt hatte. Im Herbst hatten sie Kastanien gesammelt und Figuren daraus gebastelt. Und im Winter, als es einmal richtig viel geschneit hatte, hatten sie einen Schneemann gebaut. Sie erinnerte sich genau, wie viel Spaß ihrer Oma das bereitet hatte und wie sie gelacht hatte. Alida konnte nicht fassen, dass Nani tot war.

Traurig schob sie sich den Rest vom Brot in den Mund und spülte es mit einem Schluck Kaffee hinunter. Sie ging zurück ins Schlafzimmer. Dort zog sie den Reißverschluss ihrer Reisetasche auf und packte alles ein, was sie für ein paar Tage brauchen würde.

Der Himmel zeigte sich von seiner wolkenverhangenen Seite, über Nacht war es deutlich kälter geworden. Ein Hoch hatte mit einem Kälteruck dafür gesorgt, dass nicht nur die Temperaturen deutlich gefallen waren, sondern sich auf den Scheiben der Autos eine Eisschicht gebildet hatte.

Alida verstaute ihre Reisetasche neben den gekauften Deko-Materialien im Kofferraum ihres Minis und nahm einen Eiskratzer aus dem Handschuhfach. Als sie die Scheiben freigekratzt hatte, stieg sie in den Wagen, startete, schaltete das Radio ein und fuhr los.

Auf dem Weg nach Lüneburg gingen ihr viele Gedanken durch den Kopf. Von ihrem Jobverlust wollte sie ihren Eltern nach wie vor nichts erzählen. Schon gar nicht jetzt, nach Oma Nanis Tod. Das allein war schon schlimm genug, und ihre Eltern sollten sich nicht auch noch Sorgen um Alida machen müssen.

Am späten Mittag bog sie in die Straße ein, in der ihr Elternhaus zwischen mehreren Einfamilienhäusern lag. Jedes Grundstück verfügte über einen großen Garten. Hier hatte sie in ihrer Kindheit und Jugend viel Platz zum Herumtollen gehabt. Ihre Großmutter hatte schräg gegenüber vom Haus ihrer Eltern gewohnt. In ihrem Garten stand der alte Kirschbaum, auf den sie und zuvor schon ihr Vater als Kinder geklettert waren. Alida war behütet aufgewachsen und dachte gern an ihre Kindheit zurück.

Bei dem Gedanken an ihre Oma wurde sie wieder traurig. Eigentlich war sie gar nicht so alt gewesen, und bis vor einem halben Jahr hatte ihre Großmutter noch nahezu eigenständig gelebt. Sie hatte höchstens mal fremde Hilfe beim Fensterputzen oder Rasenmähen angenommen, wenn es gar nicht anders gegangen war. Den Rest hatte sie allein geschafft. Zwei Jahre zuvor war Alidas Großvater verstorben, den ihre Oma bis zum letzten Tag gepflegt hatte. »Dafür ist Familie schließlich da«, hatte sie immer gesagt. An einen Pflegedienst hatte sie keinen Gedanken verschwendet. Nun war auch sie tot. Es fühlte sich für Alida an, als wäre mit Oma Nanis Tod auch etwas in ihr gestorben. Vielleicht war es ein Gefühl von Sicherheit, das ihr ihre Oma vermittelt hatte, oder die Gewissheit, dass am Ende immer alles gut würde.

Alida fuhr die betonierte Einfahrt zum Haus ihrer Eltern hinauf und parkte ihren Wagen unter einem hölzernen Carport. Sie nahm ihre Reisetasche aus dem Kofferraum und ging zum Hauseingang.

Ihre Mutter hatte sie bereits gesehen und öffnete die Tür, bevor Alida ihre Hand auch nur auf die Türklinke legen konnte.

»Da bist du ja endlich. Schön, dass du da bist. Komm rein!«

»Hallo Mutti.« Alida umarmte sie. Sofort fielen ihr die dunklen Augenränder und der müde Gesichtsausdruck ihrer Mutter auf.

»Ich habe noch schnell Kartoffelsalat und Frikadellen gemacht. Du hast bestimmt Hunger«, sagte ihre Mutter auf dem Weg zur Küche. Bei Katastrophen verfiel sie immer in eine gesteigerte Aktivität. Entweder kochte oder backte sie oder brachte das Haus auf Vordermann. Das war ihre Art, mit belastenden Situationen umzugehen. Deswegen verkniff sich Alida auch die Bemerkung, dass es nicht nötig gewesen wäre, für sie extra etwas vorzubereiten.

»Ja, das hört sich gut an, danke.« Alida folgte ihrer Mutter und setzte sich an den Küchentisch, auf dem schon ein Teller und Besteck bereitlagen. Sie beobachtete ihre Mutter dabei, wie sie die Frikadellen und den Salat aus dem Kühlschrank holte und auf den Teller füllte. Sie wirkte nicht viel anders als sonst, doch Alida wusste, dass auch sie der Tod ihrer Schwiegermutter sehr mitnahm.

»Dein Bett ist auch schon frisch bezogen.«

»Das ist lieb, Mama, aber …«, Alida nahm ihre Gabel, »wie geht es dir denn?«

Ihre Mutter hielt in der Bewegung inne und schaute zu ihr. »Naja, sie war über 90 und auch recht starrsinnig. Alles wollte sie alleine machen, Hilfe hat sie kaum noch angenommen. Und das bei dem großen Garten. Letztens hat sie das Herbstlaub alleine zusammengekehrt, und danach war sie so fix und fertig, dass sie zwei Tage nicht mehr ohne Unterstützung aus dem Bett gekommen ist, weil ihr alles weh tat.«

»Kein Wunder!« Alida schüttelte den Kopf. »Danach wäre ja sogar ich fix und fertig gewesen.«

»Und dann gestern der Herzinfarkt.«

Alida legte eine Hand auf die ihrer Mutter. »Das muss ein ziemlicher Schock für dich gewesen sein«, sagte sie mitfühlend.

»Ein Schock war es tatsächlich«, antwortete ihre Mutter und blinzelte ein paar Tränen weg.

»Und Papa? Wie hat er reagiert?«, fragte Alida mit leiser Stimme.

Ihre Mutter schluckte, bevor sie sagte: »Der ist völlig durch den Wind. Nachdem der Bestatter da war, ist er in seiner Garage verschwunden, um zu basteln. Ich habe ihn gelassen und angefangen, mich um die organisatorischen Dinge zu kümmern.«

»Armer Papa! Wo ist er eigentlich jetzt?« Alida spürte, wie ihr das Herz schwer wurde. Sie liebte ihre Eltern, und es tat ihr in der Seele weh, wenn sie daran dachte, wie sehr ihr Vater unter dem Tod seiner Mutter litt.

»In Omas Haus. Er hat angefangen, es auszuräumen. Ich habe ihm gesagt, dass er damit doch bis nach der Beerdigung warten kann. Aber er wollte nicht auf mich hören und hat bloß gemeint, dass wir es ja sowieso irgendwann machen müssen. Dabei ist gar nicht mehr so viel da. Nach Opas Tod hat sich Oma Nani ja bereits von einigen Dingen getrennt.«

Alida schaute an ihrer Mutter vorbei und sagte fast wie zu sich selbst: »Dass Oma Nani nicht mehr lebt, ist irgendwie noch nicht richtig bei mir angekommen.«

»Wir müssen das alle erst noch verstehen. So etwas braucht seine Zeit.«

Alida blickte auf ihren Teller und bemerkte, dass sie bis jetzt keinen Bissen gegessen hatte. Sie legte die Gabel wieder hin. »Wann ist eigentlich die Beerdigung?«

»In fünf Tagen.«

»In fünf Tagen schon?«, fragte Alida.

»Hast du Zeit, so lange zu bleiben?«

»Ja, natürlich. Bei mir hat sich kurzfristig eine Lücke aufgetan. Im neuen Jahr schauen wir dann, wie es weitergeht«, sagte Alida betont locker und vage, damit ihre Mutter nicht auf die Idee kam, mit kritischen Nachfragen der

Sache näher auf den Grund zu gehen. »Außerdem geht es hier um Oma Nani, da hätte ich sowieso alles stehen und liegen gelassen.«

»Du solltest auch mal einen Gang runterschalten. Schließlich hast du das letzte Jahr ohne Pause gearbeitet und keinen Tag Urlaub gehabt«, meinte ihre Mutter und lächelte Alida an. »Jetzt stärke dich erst mal.«

Alida war erleichtert, dass sie die Erklärung mit der Drehpause hingenommen hatte, ohne skeptisch zu werden. Aber ihre Mutter hatte auch wahrlich andere Dinge im Kopf.

Nach dem Essen brachte Alida zunächst ihr Gepäck in ihr altes Zimmer, in dem noch alles so war, wie sie es damals als junge Frau verlassen hatte. Sogar dieselben Topfpflanzen standen noch auf der Fensterbank. Sie schaute hinaus, und ihr Blick fiel auf Oma Nanis Haus. Wahrscheinlich würde es jetzt verkauft werden. Fremde Leute würden einziehen und es mit neuem Leben füllen. Alida fühlte sich mit einem Mal hundeelend. Sie legte sich auf ihr altes Bett und starrte die Decke an. Dabei spürte sie, wie ihr Tränen über die Wangen liefen.

Am nächsten Tag ging Alida zusammen mit ihrer Mutter über die Straße zu Oma Nanis Haus, um ihrem Vater bei der Durchsicht der Sachen unter die Arme zu greifen. Neben der Haustür stand bereits ein geflochtener Korb, in dem sich Altpapier stapelte, daneben befanden sich wiederum Kisten mit Leergut.

Alida wusste, woher der Eifer ihres Vaters rührte. Es ging nicht darum, möglichst schnell das Haus leerzuräumen und zu verkaufen. Vielmehr war die Haushaltsauflösung für ihn eine Art Therapie, um den Tod seiner Mutter besser verarbeiten zu können, denn er hatte ihr sehr nahegestanden.

Sie teilten sich im Haus auf. Ihr Vater war weiterhin mit dem Dachgeschoss beschäftigt, und ihre Mutter knöpfte sich das Schlafzimmer in der ersten Etage vor. Alidas Wahl war auf Oma Nanis Handarbeitszimmer im Erdgeschoss gefallen.

In diesem kleinen Raum befanden sich der Sekretär, an dem ihre Oma ihre Briefe geschrieben hatte, eine alte Vitrine und ein gemütlicher Sessel neben einem kleinen Tischchen. Alida setzte sich auf den Sessel und musste daran denken, wie ihre Oma ihr hier früher Märchen vorgelesen hatte. Das hatte sie als kleines Mädchen geliebt. Besonders wenn sie an die Stelle des Märchenbuchs gekommen waren, an der die Geschichte *Die Schneekönigin* stand. Das war ihr Lieblingsmärchen gewesen, und immer wenn sie daran dachte, hatte sie noch Oma Nanis Erzählstimme im Ohr.

Lautes Poltern vom oberen Stockwerk riss sie aus ihren Erinnerungen. Sie raffte sich auf und machte sich daran, die Sachen ihrer Großmutter durchzusehen. Sie öffnete die Schubladen der Vitrine und entdeckte hübsche Stoffe und weiteres Zubehör, das sie vor der Mülltonne bewahren wollte. Alles, was sie mitnehmen wollte, packte sie in einen Wäschekorb, den sie neben den alten Sekretär ihrer Großmutter gestellt hatte. Den Rest legte sie auf einen Haufen, der stetig wuchs.

Als sie mit der Vitrine fertig war, widmete sie sich dem Sekretär. Auch hier öffnete sie alle Schubladen und Fächer. Ganz hinten im mittleren Fach stieß sie auf eine kleine Schatulle. Sie sah kostbar aus. Das Kästchen verfügte über ein Messingschloss, das abgeschlossen war. Alida schüttelte die kleine Box vorsichtig und hörte, dass sich Gegenstände darin befanden. Wo mochte ihre Oma den passenden Schlüssel wohl aufbewahrt haben? Beim Aufräumen und Durchsortieren ihrer Sachen war Alida kein Schlüssel untergekommen. Nachdenklich schaute sie auf das Schloss und überlegte, wie sie es ohne Schlüssel öffnen konnte, ohne es zu beschädigen. Massiv war es nicht, eher zerbrechlich. Alida kam eine Idee. Sie ging zu Oma Nanis Handarbeitstisch neben dem Sessel und ließ ihren Blick über die Gegenstände auf der Tischplatte schweifen. Schließlich fand sie, wonach sie gesucht hatte. Eine Haarnadel. Sie zog die Nadel auseinander und schnitt mit einer Schere die beiden Plastikkappen an den Enden ab. Dann formte sie die Nadel mit einer Zange so, dass sie ihr als Ersatzschlüssel dienen konnte. Alida steckte sie in das Schloss und stocherte darin herum, bis sie es tatsächlich geschafft hatte und ein leises Klicken zu hören war. Sie klappte den Deckel auf und hielt kurz den Atem an.

In dem Kästchen lag ein Bündel handgeschriebener Briefe ohne Umschläge. Das Papier war vergilbt, die Zeilen in einer altmodisch wirkenden Handschrift verfasst. Sie wollte nach dem obersten Briefbogen greifen, zögerte jedoch einen Moment. Durfte sie die Briefe einfach so lesen? Vermutlich standen persönliche Dinge darin, die nur für ihre Oma bestimmt gewesen waren. Doch dann siegte ihre Neugier, und sie nahm das oberste Papier in die Hand. Sie faltete das Blatt auseinander, und ihr Verdacht bestätigte sich. Alida hielt alte Liebesbriefe an ihre Oma in den Händen. Sie überflog den ersten Brief, der an *Meine liebste Gerda* adressiert war, und sah auf das Datum: *19. April 1949*. Unterschrieben war der Brief mit dem Namen Hans.

Alida wunderte sich. Hans war nicht der Name ihres Großvaters gewesen, der hieß Eduard. Soweit Alida wusste, hatten ihre Oma und ihr Großvater recht schnell nach ihrem Kennenlernen geheiratet. Bereits ein Jahr später war ihr Vater auf die Welt gekommen, im Jahr 1952 war das gewesen. Bei Hans handelte es sich augenscheinlich um einen Verehrer vor Opa Eduards Zeit. Natürlich war Alida klar, dass ihre Oma vor ihrem Opa auch andere

Männer gekannt haben konnte, aber sie hatte nie darüber nachgedacht und war deshalb im ersten Moment überrascht.

Erstaunlich war auch die Tatsache, dass ihre Großmutter die Briefe über eine so lange Zeit aufbewahrt hatte – unter sicherem Verschluss in diesem Kästchen. Sie schaute die Briefe durch, die alle ein Datum trugen. Der letzte Brief von Hans stammte aus dem Jahr 1973. Das gab es doch nicht! Obwohl Oma Nani zu diesem Zeitpunkt schon über zwanzig Jahre verheiratet gewesen war, hatte Hans ihr weiterhin Briefe geschrieben. Unter den Briefen lag ein zusammengefaltetes Samttuch, in das etwas eingeschlagen war. Alida legte es auf den Tisch und faltete es auseinander. Ein altes Foto in Schwarz-Weiß und eine Kette mit einem bräunlichen Anhänger kamen zum Vorschein. Alida hielt den Anhänger gegen das Licht: ein Amulett aus Bernstein. Dann griff sie nach dem Foto. Vor einem gestelzten Holzhaus am Strand standen ein junger Mann und eine junge Frau. Sie lachten in die Kamera und hielten einen schicklichen Sicherheitsabstand ein. Alida drehte das Foto um. Auf der Rückseite fand sie eine fast verblichene Notiz. Sie ging mit dem Foto zum Fenster und hielt es gegen das Licht. *St. Peter-Ording im Frühling 1949. Zum Andenken an unsere gemeinsame Zeit*, entzifferte sie.

Alida war gleichermaßen aufgeregt und überrascht. Sie hatte offensichtlich gerade ein gut behütetes Geheimnis ihrer Oma gelüftet. Sie ging zurück zu dem Tisch, um nachzusehen, ob sich noch weitere Dinge in der Schatulle befanden. Ganz unten, auf dem Kistenboden, lag ein Briefblock, auf dem etwas in der Handschrift ihrer Oma geschrieben stand. Das Papier war nicht vergilbt, und der Brief war an Hans gerichtet. Ein letzter Brief, den sie aber nicht abgeschickt hatte? Zu Alidas Überraschung war das Datum ziemlich aktuell. Genauer gesagt, hatte ihn ihre Oma zwei Tage vor ihrem Tod begonnen. Doch sie hatte ihn nicht beendet. Mit klopfendem Herzen las Alida, was ihre Großmutter Hans geschrieben hatte:

Mein lieber Hans,
es ist sehr viel Zeit vergangen, seit ich dir das letzte Mal geschrieben habe. Entschuldige, dass ich irgendwann aufgehört habe, dir zu antworten. Die Erinnerungen an unsere gemeinsamen Wochen in St. Peter-Ording waren zu schmerzlich für mich. Wie du weißt, habe ich geheiratet und Kinder bekommen. Ich konnte nicht länger hinter dem Rücken meines Mannes deine Briefe abfangen. Die Aufregung, wenn der Postbote kam, das heimliche Einstecken des Briefes in meine Schürze und das laute Klopfen meines Herzens – ich habe es nicht mehr ausgehalten. Und ich wollte es meinem Mann nicht länger antun.

Dennoch ist kein Tag seit unserem Abschied vor

so vielen Jahren vergangen, an dem ich nicht an dich gedacht habe. Wie sehr habe ich mir gewünscht, dass damals alles anders gekommen wäre. Doch ein gemeinsames Leben ist uns nicht vergönnt gewesen.

Dich noch einmal zu sehen, ist nun mein größter Wunsch. Ich bin alt geworden und spüre, dass nicht mehr viele Tage vor mir liegen. So gerne würde ich dich wiedersehen, noch einmal deine Hand halten und noch einmal mit dir am Strand von St. Peter-Ording entlangspazieren, so wie damals. Du würdest mich auffordern, mir meine Schuhe auszuziehen und die Füße in das eiskalte Wasser zu halten. Wir würden lachen, und du würdest mich ansehen, so als wäre die Zeit …

Alida ließ den Block mit dem unvollendeten Brief sinken. Dass ihre Oma eine heimliche Liebe hatte, hätte sie nicht für möglich gehalten. In ihren Erinnerungen waren ihre Großeltern ein glückliches Paar gewesen. Mit einem Mal hatte sie ein völlig neues Bild von ihrer Großmutter, an das sie sich erst einmal gewöhnen musste. Oma Nani war glücklich gewesen, das wusste Alida instinktiv. Und doch gab es etwas, das ihr verwehrt geblieben war. Sie hatte sich ihren letzten Wunsch nicht erfüllen können. Sie hatte den Brief an Hans nicht mehr abgeschickt. Und nicht nur das, ihr war auch ihre große Liebe verwehrt geblieben.

Betrübt kauerte Alida sich in den Sessel. Wie traurig es war, dass ihre Großmutter aus dem Leben geschieden war, ohne Hans jemals wiedergesehen zu haben.

»Alida! Kannst du mal nach oben kommen und mir helfen?«, rief ihre Mutter aus der ersten Etage.

Sie zuckte vor Schreck zusammen, als hätte man sie bei etwas Verbotenem ertappt. »Sofort!«, rief sie zurück und packte hastig die Briefe, das Foto und die Kette zurück in die Schatulle. Diese schob sie zwischen zwei Lagen Stoff im Wäschekorb, bevor sie zu ihrer Mutter in den ersten Stock eilte.

5. Kapitel

Nachdem Alidas Oma beerdigt und das Haus ausgeräumt war, packte Alida alles für ihre Abreise. Sie hatte einen Plan.

Ihre Eltern standen neben ihr auf der Straße vor dem Haus, während sie ihre Reisetasche im Kofferraum des Minis verstaute. »Und ihr kommt mit dem Rest auch ohne mich zurecht?«, fragte sie.

Ihre Mutter winkte ab. »Natürlich. Mach dir keine Sorgen.«

Mit Schwung warf Alida die Kofferraumtür zu. »Falls doch noch irgendwas ist, ruf mich an, ja?«

»Das mache ich.« Ihre Mutter umarmte sie. »Fahr schön vorsichtig.«

»Das werde ich. Wir sehen uns spätestens Weihnachten.« Alida stieg ins Auto und ließ den Motor an. Sie winkte ihren Eltern noch einmal zu, bevor sie rückwärts auf die Straße rollte und dann Richtung Autobahn fuhr.

Sie hatte ihren Eltern nichts von ihrem Fund erzählt. Zuerst hatte sie überlegt, ob sie ihre Mutter und ihren Vater einweihen sollte, doch nachdem sie abends im Bett alle Briefe von Hans gelesen hatte, war sie zu dem Schluss gekommen, dass sie Oma Nanis Geheimnis bewahren wollte. Alida war durch Zufall zur Geheimnisträgerin geworden und wollte mit dem Wissen so umgehen, wie sie glaubte, dass es im Sinne ihrer Oma gewesen wäre. Deswegen würde niemand von den Briefen, dem Foto und der Kette erfahren. Trotzdem wollte sie ihre Entdeckung nicht auf sich beruhen lassen. Alida glaubte nämlich nicht an Zufall. Vielmehr kam es ihr wie ein Wink des Schicksals vor, dass ausgerechnet sie auf die Kiste mit den Briefen gestoßen war. Als hätte Oma Nani aus dem Jenseits ihre Hände im Spiel gehabt. Und Alida wollte ihrer Oma den letzten Wunsch erfüllen. Sie wollte Hans finden und ihm den unvollendeten letzten Brief geben. Da die Briefumschläge fehlten und sie auch für den letzten Brief ihrer Oma keinen gefunden hatte, musste sie selbst herausfinden, wer dieser Hans war und wo er lebte. Noch nicht einmal Hans' Nachname tauchte irgendwo auf.

Also hatte sie recherchiert, aber nicht viel herausgefunden. Deshalb befand sie sich nun auf dem Weg an die Nordseeküste. Sie war optimistisch, dass es ihr gelingen würde, Hans ausfindig zu machen. Vorausgesetzt, er lebte noch.

Als sie in Lüneburg losgefahren war, hatten sich graue Wolken am Winterhimmel getürmt. Und je weiter sie fuhr, umso ungemütlicher wurde das Wetter. Plötzlich begann es zu schneien. Dicke Schneeflocken klatschten gegen die Windschutzscheibe und nahmen Alida die Sicht. Sie drosselte das Tempo, bis sie zusammen mit den anderen Autofahrern nur noch im Schritttempo vorwärtskam. Das Wetter wuchs sich zu einem Schneesturm aus. Alida war froh, als kurz vor Hamburg ein Autobahnschild am Straßenrand auftauchte, das als nächste Ausfahrt eine Raststätte ankündigte. Sie wollte dort eine Pause einlegen und abwarten, bis das gröbste Schneechaos vorbei war. Doch außer ihr waren bereits etliche andere Autofahrer auf dem Rastplatz gestrandet. Auf den ersten Blick konnte sie keinen freien Parkplatz ausmachen. Alida fuhr im Schneckentempo, bis sie am entlegensten Winkel angekommen war und sich in eine Lücke quetschen konnte. Sie schaute durch das Seitenfenster zu dem beleuchteten Restaurant, das am anderen Ende des Parkplatzes lag. Die Flocken führten vor ihren Augen einen wilden Tanz auf. Alidas Wagen stand nun ziemlich weit ab vom Schuss, sodass sie nicht umhinkam, sich durch das Schneegestöber zu kämpfen. Im Auto zu warten, kam nicht infrage, weil es ohne Heizung eiskalt war. Außerdem hatte sie gegen eine Tasse Kaffee nichts einzuwenden. Das langsame Fahren hatte sie müde gemacht, und bis St. Peter-Ording waren es noch ein paar Stunden. Sie schlang ihren Schal um den Hals und setzte sich eine dunkelblaue Pudelmütze auf. Mittlerweile war das Schneetreiben so dicht, dass Alida ihre Augen mit einer Hand abschirmen musste, um einigermaßen sehen zu können. Im gleißenden Lichtschein einer Laterne flirrten Schneeflocken durch die Luft. Alida blinzelte gegen den grellen Lichtstrahl an, senkte ihren Blick wieder zu Boden, drehte ihren Kopf zur Seite und beschleunigte ihre Schritte.

Angenehm warme Temperaturen nahmen sie in Empfang, als sie die Eingangstür des Raststättenlokals aufdrückte. Sie zog sich die Pudelmütze vom Kopf und stopfte sie in ihre Jackentasche. Das Restaurant war voll. Fast alle Tische waren belegt. Nachdem sich Alida einen Kaffee besorgt hatte, entdeckte sie in einer Ecke einen freien Tisch, auf den sie zielstrebig zusteuerte. Sie setzte sich und wärmte sich an ihrer heißen Tasse. Trotz des überschaubaren Weges vom Auto zum Restaurant war sie ziemlich durchgefroren. Sie sah nach draußen. Dort tobte nach wie vor der Schneesturm. Vermutlich musste sie sich auf eine längere Pause einstellen. Warten war noch nie ihre Stärke gewesen. Unwillkürlich musste sie dabei an Frau Brandt denken und erschrak. Du liebe Güte, die alte Dame hatte sie durch das Chaos der letzten Tage völlig vergessen. Am besten rief sie schnell in der Villa an, um Frau Brandt nicht noch länger warten zu lassen. Alida zog ihr Handy hervor und suchte die Nummer heraus. Nach dem dritten Klingeln meldete sich die alte Dame. Sie war, wie erwartet, traurig über die Absage. Das hörte Alida am

Klang ihrer Stimme, obwohl sich Frau Brandt bemühte, ihre Enttäuschung zu verbergen.

»Natürlich habe ich dafür Verständnis. Das ist ja höhere Gewalt«, versicherte sie Alida.

»Ich werde mich auf jeden Fall wieder bei Ihnen melden, sobald sich eine neue Möglichkeit ergibt«, versprach Alida, bevor sie sich verabschiedete. Dann legte sie das Handy auf den Tisch, und ihre Gedanken wanderten wieder zu ihrer Oma. Sie nahm das alte Foto von Nani und Hans aus dem Portemonnaie und betrachtete es. Vorsichtig strich sie mit einem Finger über die Fotografie. Hoffentlich würde sie Hans finden.

Einige Zeit später saß Alida wieder im Auto. Das Wetter hatte sich beruhigt, also startete sie den Motor und schaute auf das Display ihres Navigationssystems. Bis St. Peter-Ording waren es noch knappe 170 Kilometer. In spätestens zwei Stunden würde sie an der Küste sein, schätzte sie. Alida hatte keine Ahnung, was sie dort erwarten würde. Doch sie spürte ein aufgeregtes Kribbeln. Es war ein kleines Abenteuer, das sie von ihrer beruflichen Misere ablenkte. Außerdem hatte sie das Gefühl, dass ihre Großmutter bei ihr war. So als wolle sie, dass Alida das Angefangene zu Ende brachte.

Die Autofahrt zur Halbinsel Eiderstedt zog sich jedoch länger hin, als Alida gedacht hatte. Es fing wieder an zu schneien. Die ungünstigen Wetterverhältnisse verlangsamten ihr Vorwärtskommen erneut. Erst nach guten fünf Stunden passierte sie endlich das schneebedeckte Ortsschild von St. Peter-Ording.

»Sie haben Ihr Ziel erreicht«, verkündete die Frauenstimme vom Navigationssystem. Es war schon dunkel, und über dem Ort lag eine friedliche Ruhe. Die Leute hatten es sich hinter erleuchteten Fensterscheiben in ihren Stuben gemütlich gemacht. Aus einigen Häusern stieg Rauch aus Schornsteinen auf, und in manchen Gärten erhellte Weihnachtsbeleuchtung an Bäumen und Sträuchern den winterlichen Abend. Alida fuhr langsam die Straße entlang. Es war so spät, dass sie heute nichts mehr über Hans herausfinden konnte. Am besten besorgte sie sich erst mal eine Unterkunft und begann morgen mit der Suche nach ihm. In dem Ortsteil Ording bog sie in eine kleine Straße ein und merkte, dass sie schon wieder aus dem Ort herausfuhr. Mist, dachte sie. Vielleicht sollte sie lieber im Ortskern nach einem Hotel suchen. Bis jetzt war sie einfach ein bisschen herumgefahren. Als sie wenden wollte, entdeckte sie plötzlich an einem kleinen Weg ein Schild mit der Aufschrift:

Antik im Hof
Familie Cleves und Andresen
Antiquitäten seit 1955
Und etwas kleiner darunter: *Gästezimmer frei*

Alida parkte ihr Auto am Straßenrand, setzte sich die Mütze auf und griff nach ihrer Tasche. Sie stieg aus dem Wagen und lief den Weg entlang. Nach einer kleinen Biegung stand sie vor einem malerischen Haubarg. Hinter den Fenstern brannte Licht. Ein Glück! Es schien jemand zu Hause zu sein. Alida ging auf das Haus zu und blieb vor einer blau-weiß gestreiften Tür stehen. Eine weiße Bank stand zwischen zwei Sprossenfenstern, und daneben flackerte die Flamme einer Kerze in einem hohen Windlicht. Rechts vom Eingang befand sich ein Messingklingelschild, auf dem die Namen *Cleves & Andresen* eingraviert waren. Alida drückte auf den Klingelknopf. Eine gedämpfte Melodie erklang hinter der Tür und darauf das Bellen eines Hundes. Sie hörte, wie sich Schritte näherten und eine Stimme besänftigend auf den Hund einredete. Dann wurde die Tür von einer schlanken Frau geöffnet, die schulterlanges blondes Haar hatte und die Alida auf Mitte vierzig schätzte. Sie trug einen grünen Rollkragenpullover mit Zopfmuster und eine dunkelblaue Jeans. Neben ihr erschien ein Goldendoodle, eine Kreuzung aus Golden Retriever und Pudel, der sich artig neben sie setzte und Alida interessiert anschaute.

»Guten Abend! Wir haben eigentlich schon geschlossen«, sagte sie freundlich.

»Guten Abend, keine Sorge, ich komme gar nicht wegen der Antiquitäten«, erklärte Alida, »sondern wegen des

Gästezimmers.« Sie deutete hinter sich zur Straße, wo das Schild hing. »Ist es noch frei?«, fragte sie.

Die Augen der Frau weiteten sich. »Ach, wie schön. Ja, das ist frei.«

»Super.« Eine eisige Windböe pfiff um das Haus und wirbelte Schnee auf. Alida fröstelte und zog den Kragen ihrer Jacke höher.

Die Frau schüttelte den Kopf. »Entschuldigen Sie, kommen Sie doch bitte rein. Das ist aber auch wirklich ein ungemütliches Wetter.« Sie öffnete die Eingangstür ein Stück weiter. Der Hund lief in die Diele, die mit alten Fliesen ausgelegt war und in der eine antike Kommode stand. »Sie sind sicherlich durchgefroren. Möchten Sie vielleicht eine Tasse Tee? Ich bin übrigens Femke Andresen.«

»Danke, sehr gerne. Alida Jacobsen. Freut mich.« Alida gab ihrer Gastgeberin die Hand. »Aber sagen Sie einfach Alida zu mir«, bot sie ihr an, weil ihr Frau Andresen auf Anhieb sympathisch war.

»Gut, Alida, aber nur, wenn du mich Femke nennst.«

»Gerne«, stimmte Alida zu und lächelte.

Femke nahm ihr die Jacke ab und ging durch die Diele voraus in einen Wohnraum mit schweren Balken an der Decke, die die solide Bauart des Haubargs unterstrichen.

»Schau mal, Oma Inge, ich bringe einen Gast mit«, sagte die Antiquitätenhändlerin, als sie eine große rustikale Wohnküche betraten, zu einer alten Frau, die an einem Tisch saß und stickte. Der Hund ließ sich gähnend in seinem Körbchen nieder, das unter dem Fenster stand, und Femke füllte Wasser in einen Kocher.

Die ältere Dame am Tisch nahm keine Notiz von Alida, sondern stickte unbehelligt weiter.

»Das ist meine Großmutter, Inge Cleves«, stellte Femke sie vor.

»Guten Abend«, grüßte Alida höflich, jedoch ohne eine Reaktion zu erhalten.

Femke bereitete den Tee zu, den sie im klassischen Friesisch-Blau-Teegeschirr nebenan im Wohnzimmer servierte und dazu Sahne und Klüntjes im passenden Porzellan reichte. In dem großen Wohnraum fanden sich ebenfalls antike Möbelstücke. Alida entdeckte einen alten Sekretär, einen kostbaren Kronleuchter und eine hübsche Truhe, in die maritime Symbole geschnitzt waren und an der ein kleiner Anker lehnte.

Die beiden Frauen setzten sich, und Femke lächelte sie an. »Es ist schön, dass wir auch mal im Winter Gäste haben. Die meisten Leute kommen ja im Sommer, um Strandurlaub zu machen«, sagte sie und holte ein Anmeldeformular und einen Stift aus einer Schublade. Sie erzählte Alida ein wenig über ihre Pension, die aus nur zwei Zimmern bestand, dafür hatte jedes ein eigenes Bad. Sie lagen im Nebengebäude. Femke schob Alida auch einen Flyer hin, in dem die Pension beworben wurde.

Alida überflog die Geschäftsbedingungen und den Preis, den sie in Ordnung fand. Sie buchte das Zimmer zunächst für fünf Nächte. Das sollte erst mal reichen, dachte sie. Auch wenn sie nicht so genau wusste, wie es für sie finanziell weitergehen sollte, entschied sie, dass sie diesen Kurzurlaub wirklich gut gebrauchen konnte.

Es war schon spät, als Alida ihr Gepäck aus dem Auto holte und mit Femke ins Nachbargebäude des Haubargs ging, in dem sich die Gästezimmer befanden. Femke trug frische blau-weiße Bettwäsche mit Seesternmotiven und zwei weiße Handtücher über dem Arm, während sie die Treppen hochstiegen. »Im ersten Stock befinden sich neben den Gästezimmern auch die Badezimmer, mit Dusche und Badewanne. Du bist dort völlig ungestört.«

»Hört sich prima an. Besser hätte ich es in keinem Hotel haben können, vielen Dank.«

Als sie in der ersten Etage angekommen waren, blieb Femke vor einer weißen Holztür stehen, auf der ein kleiner rot-weißer Leuchtturm aufgemalt war. *Leuchtturmblick* prangte in geschwungenen Buchstaben über dem Turm. »Da wären wir. Das ist dein Zimmer«, sagte Femke und schloss die Tür auf.

Alida lächelte. »Zimmer Leuchtturmblick, klingt irgendwie romantisch.«

Femke öffnete die Tür und knipste das Licht an. »Das

ist es auch. Von deinem Fenster aus hast du nämlich eine atemberaubende Aussicht über weitläufige Wiesen bis hin zum Westerhever Leuchtturm.«

»Wie schön das Zimmer eingerichtet ist. Hier muss man sich einfach wohlfühlen.« Alida stellte ihre Reisetasche auf dem Boden ab und schaute sich ganz genau um. Das Gästezimmer war im nordischen Stil eingerichtet, alle Möbel waren aus weißem Holz. Das Bett war groß genug für zwei Personen, schräg gegenüber stand ein Schrank, und unter dem Fenster befand sich ein kleiner Schreibtisch. Der einzige Farbtupfer waren der hellblaue Teppich und die weiß-blau gestreiften Vorhänge vor dem weißen Sprossenfenster. Maritime Accessoires zogen sich wie ein roter Faden durch die Einrichtung. Auf der Fensterbank stand ein Windlicht, um das kleine mit Muscheln gefüllte Netze und ein Miniaturleuchtturm aus Holz dekoriert waren. Auf dem weißen Nachttisch neben dem Bett befand sich eine weiß-silberne Schirmlampe und ein silberner Wecker. In der Luft hing ein angenehmer Duft von Lavendel. Auf einem kleinen Schubladenschrank in einer Ecke entdeckte Alida ein Tablett mit zwei Wasserflaschen und Gläsern sowie eine Schale mit verschiedenen Kerzen und Streichhölzern.

Femke legte die Bettwäsche und die Handtücher auf dem Bett ab. »Ich hoffe, du kannst hier gut schlafen und dich von der Fahrt erholen.«

»Danke. Das Zimmer ist toll.« Alida zog ihre Jacke aus und legte sie über den Stuhl. Sie fühlte sich sofort wohl.

»Normalerweise gibt es in der Sommersaison ein kleines Frühstücksbuffet für unsere Gäste, aber wenn es dir nichts ausmacht, kannst du einfach morgen früh runterkommen und bei uns in der Küche frühstücken. Ist das okay für dich?«

»Ja, das klingt super, vielen Dank.«

Femke lehnte sich an den Türrahmen. »Also, dann gute Nacht, und komm morgen einfach rüber, wenn du ausgeschlafen hast. Bis morgen, Alida.«

Als Femke gegangen war, bezog Alida das Bett mit der hübschen Seesternbettwäsche und legte die Handtücher in eine Schrankschublade. Dann öffnete sie die Reisetasche und schlüpfte in ihren kuscheligen Pyjama. Sie war froh, in dieser entzückenden Bleibe untergekommen zu sein, die viel gemütlicher als jedes Hotelzimmer war.

Schließlich knipste Alida das Licht der Deckenlampe aus und tapste im Dunkeln zu dem Sprossenfenster. Zimmer Leuchtturmblick, das wollte sie doch mal sehen. Sie blickte durch die Fensterscheibe in die schwarze Nacht, als sie in der Ferne ein helles Licht aufblitzen sah – das Leuchtfeuer vom Westerhever Leuchtturm. Unwillkürlich musste sie lächeln. Wie schön es war, hier zu sein. Berlin und ihre Sorgen waren so weit weg. Alida zog die

Vorhänge zu und kuschelte sich in die weiche Bettwäsche. Sie fühlte sich in dem urigen Nebengebäude des alten Haubargs gut aufgehoben. Das Letzte, woran sie dachte, bevor sie einschlief, war ihre Oma. Ob sie damals auch das Licht des Leuchtturms beobachtet hatte? Vielleicht zusammen mit Hans?

6. Kapitel

Alida zog die Vorhänge am Fenster zur Seite. Sie brauchte einen Moment, um sich an das Tageslicht zu gewöhnen, das sie blendete. Die graue Wolkendecke hatte sich verzogen und war einem strahlend blauen Himmel gewichen. Vor ihren Augen erstreckte sich eine weite Schneelandschaft, deren Kristalle im Sonnenschein glitzerten wie ein Lichtermeer aus Tausenden von Diamanten. Sie schaute über die schneebedeckten Wiesen bis zum Horizont, wo sie den rot-weißen Leuchtturm mit den zwei baugleichen Häusern auf beiden Seiten erkennen konnte. Wahrscheinlich waren es Leuchtturmwärterhäuschen. Es musste doch ungemein romantisch sein, in einem dieser kleinen Häuschen zu leben. Die Entfernung zu dem Leuchtturm wirkte nicht allzu weit. Vielleicht konnte Alida sich den Turm später aus der Nähe ansehen.

Der kleine silberne Wecker, der auf dem Nachttischchen stand, zeigte an, dass es erst kurz nach neun war. Obwohl sie nicht lange geschlafen hatte, fühlte sie sich entspannt und freute sich darauf, St. Peter-Ording bei Schnee und Sonnenschein zu erkunden und dabei ihrer Mission nachzugehen. Sie zog Waschzeug und neue Kleidung aus ihrer Reisetasche und ging ins Bad.

Frisch geduscht und gut gelaunt klingelte sie kurz darauf an der blau-weiß gestreiften Tür. Der Hund bellte aufgeregt, und einige Augenblicke später öffnete Femke die Tür. »Smudo, jetzt beruhige dich wieder.« Sie lächelte Alida an. »Guten Morgen, komm rein. Hast du gut geschlafen?«

»Ja, vielen Dank, wie ein Stein. Normalerweise kann ich das nur in meinem eigenen Bett. Aber anscheinend bin ich schon im Urlaubsmodus.«

»Schön, das freut mich.«

Zusammen gingen sie in die Küche, wo Inge Cleves an dem großen rustikalen Holztisch saß. Genau wie gestern lief Smudo schnurstracks zu seinem Hundekörbchen.

»Guten Morgen«, grüßte Alida die alte Dame am Tisch.

»Moin!«, erwiderte Inge knapp ihren Gruß. Heute hatte sie Alida wahrgenommen.

Alida wählte den eingedeckten Platz gegenüber von Femke, die sich auf den Stuhl neben ihrer Großmutter setzte.

»Greif zu«, forderte Femke sie auf und machte eine ausladende Geste. Der Tisch war reich gedeckt. Neben selbst gebackenem Brot und Marmelade gab es Birchermüsli, verschiedene Käse- und Wurstsorten, Kräuterquark und Rührei mit Speck.

»Das sieht wirklich lecker aus.«

Femke lächelte und reichte ihr den Brotkorb. »Trinkst du Kaffee oder Tee?«

»Kaffee, bitte.« Alida hielt Femke ihre Tasse hin. Sie hatte großen Hunger und machte sich mit Appetit über die Köstlichkeiten her.

»Gut zu essen ist das Wichtigste«, sagte Inge Cleves, die Alidas Appetit wohlwollend beobachtete.

»Es schmeckt einfach köstlich«, erwiderte Alida halb entschuldigend.

»Nordseeluft macht hungrig«, merkte die alte Dame an.

Plötzlich ertönte die Melodie der Türklingel. Smudo sprang aus seinem Körbchen und verließ laut bellend die Küche.

»Das ist bestimmt mein Bruder Thomas.« Femke erhob sich von ihrem Platz und ging zur Tür. Bald darauf kamen sie und Smudo in Begleitung eines sportlichen Mannes in die Küche. Er hatte einen Dreitagebart, und sein blondes Haar war mittellang und wurde zum größten Teil von einer schilfgrünen Mütze verdeckt, die er nicht abgesetzt hatte. Er trug ein kariertes Hemd, das bis zu den Ellenbogen hochgekrempelt war. Alida fielen sofort seine tätowierten Unterarme auf und seine Augen, die so blau leuchteten, wie es der Himmel an diesem Morgen getan hatte.

»Moin!«, grüßte er und gab Inge Cleves einen Kuss auf die Wange.

»Moin, Jung.«

Danach ließ er sich auf den Stuhl neben Alida fallen. Frau Cleves wandte sich wieder einem Rätselheft zu, das neben ihrem Teller lag. »Jetzt brauche ich erst einmal einen starken Kaffee.« Der junge Mann rieb sich über die Augen.

»Ist wohl gestern wieder spät geworden, was?«, bemerkte Femke.

»Du meinst wohl, ist heute wieder früh geworden«, entgegnete er und nahm die Tasse Kaffee entgegen, die Femke ihm hinhielt. »Ich habe bloß zwei Stunden geschlafen.«

»Das ist übrigens Alida, sie ist unser Gast und seit gestern da. Alida, das ist mein Bruder Thomas«, stellte Femke sie einander vor.

»Moin.« Er bedachte Alida mit einem Nicken und schaufelte dann mit einem Teelöffel Zucker aus einer Porzellandose in seinen Kaffee.

Inge Cleves blickte von ihrem Rätselheft auf und runzelte die Stirn. »Du kommst von der Arbeit und hast Sandra noch gar nicht richtig begrüßt«, sagte sie in einem tadelnden Ton zu ihrem Enkel. Thomas verschluckte sich fast an seinem Kaffee. »Sandra?«, brachte er hustend hervor und blickte seine Schwester hilfesuchend an. Aber

Femke schüttelte bloß den Kopf und warf ihm und Alida einen flehenden Blick zu.

»Also, umarmen könntest du sie schon«, sagte Oma Inge bestimmt.

Alida verstand gar nichts mehr. Wer war Sandra?

Thomas gab sich geschlagen. Er legte sein Messer auf den Teller und blickte peinlich berührt zu Alida, die neben ihm saß. »Sandra, tut mir leid, dass ich so unhöflich war. Schön, dass du mit uns frühstückst.«

Alida sah verwirrt von Femke zu Thomas. Femke nickte ihr zu, also spielte sie einfach mit und tat so, als wäre sie Sandra. Femke würde ihr das bestimmt später erklären.

Plötzlich umarmte Thomas sie umständlich. Mit einem Seitenblick auf Inge Cleves sah Alida, dass die alte Frau die Szene mit sichtlichem Wohlwollen zur Kenntnis nahm.

»Tut mir leid. Meine Oma wirft manchmal Dinge und Personen durcheinander«, raunte Thomas in Alidas Ohr.

»Kein Problem«, flüsterte sie zurück. Dann lösten sie sich aus der Umarmung.

Thomas belegte ein Brot mit Käse, und Alida trank schnell einen Schluck Kaffee. Frau Cleves hatte sich wieder ihren Rätselfragen zugewandt.

Danke, formte Femke lautlos mit ihren Lippen. »Bist du fertig mit Frühstücken, Oma?«, fragte sie dann.

»Ja.« Die alte Dame legte den Kugelschreiber auf dem Heft ab und erhob sich vom Stuhl. »Ich bin in der Werkstatt, falls ihr mich sucht.«

»Ist gut«, sagte Femke, und Inge Cleves verließ die Küche.

»Sandra.« Thomas zog die Augenbrauen hoch, als sie nur noch zu dritt im Raum waren. »Die Dinge, die Oma besser vergessen sollte, die vergisst sie nicht.«

»Weise Oma bloß nicht darauf hin, dass Alida nicht Sandra ist. Das bringt sie sonst vollends durcheinander. Lass sie lieber in ihrem Glauben«, bat Femke Thomas inständig.

»Das ist nicht dein Ernst, oder? Sollen wir etwa für Oma das glückliche Paar spielen?« Thomas lachte Alida an, als hätte er einen besonders guten Witz gemacht.

»Vielleicht wäre das tatsächlich gar keine schlechte Idee«, antwortete Femke sachlich und schaute dann zu Alida. »Es ist schließlich bald Weihnachten. Vielleicht sogar das letzte Mal für Oma.«

Thomas stellte schwungvoll die Tasse auf dem Tisch ab, wobei etwas Kaffee auf die Decke schwappte. »Femke, ich bitte dich.«

»Was ist denn schon dabei, wenn du die Sache einfach so stehen lässt?«, fragte Femke. »Mehr musst du doch gar nicht tun. Oma hat euch das glückliche Pärchen abgekauft und war zufrieden. Und du weißt, dass gerade die

Weihnachtszeit wegen Opas Tod für sie besonders schwer ist.«

Alida war das Ganze etwas peinlich. Gestern hatte sie die Familie noch nicht gekannt, und nun saß sie hier und wurde Zeuge einer kleinen Meinungsverschiedenheit zwischen ihrer Wirtin und deren Bruder. Aber sie fühlte sich wohl bei Familie Andresen und hatte kein Problem damit, für eine kurze Zeit in die Rolle von jemand anderem zu schlüpfen. Allerdings merkte sie, dass Thomas nicht begeistert war, und so richtig sympathisch fand sie ihn auch nicht. Trotzdem sagte sie: »Also, von mir aus ist das okay. Wenn es eure Großmutter glücklich macht, dann bin ich eben Sandra für sie.«

»Ihr seid ja verrückt.« Thomas leerte seine Tasse.

»Thomas, du weißt, was der Arzt uns über ihre Demenz gesagt hat«, brachte Femke in eindringlichem Ton die Fakten auf den Tisch. »Wir sollen Oma in ihrem Glauben lassen und sie nicht auf Fehler hinweisen. Sie lebt nun mal in ihrer eigenen Welt. Es macht keinen Sinn, sie mit unserer Realität zu konfrontieren. Im Gegenteil. Dadurch entsteht nur noch mehr Verwirrung bei ihr. Das hat er uns doch lang und breit erklärt. Deswegen sind Notlügen in dem Fall in Ordnung. Oder willst du sie etwa durch deine Korrektheit ins Pflegeheim bringen?«

»Nein, natürlich nicht.« Thomas seufzte. »Sonderlich begeistert bin ich von dieser Idee trotzdem nicht, aber ich will kein Spielverderber sein. Also, meinetwegen spiele ich dieses Theater mit«, gab er sich geschlagen und stand vom Tisch auf. »Aber jetzt muss ich los. Noch eine Runde schlafen, bevor es heute Abend weitergeht«, verabschiedete er sich. Er nickte Alida zu, und einen Augenblick später hörten sie, wie die Tür ins Schloss fiel.

»Wer ist denn eigentlich diese Sandra? Ein bisschen neugierig bin ich schon«, fragte Alida, als Thomas gegangen war.

Femke stand auf und räumte das benutzte Geschirr in die Spülmaschine. »Sandra ist die Ex-Verlobte meines Bruders. Sie hat sich kurz vor der Hochzeit bei Nacht und Nebel mit einem Schnösel aus Hamburg aus dem Staub gemacht und Thomas einfach sitzen lassen. Wir konnten das damals alle nicht verstehen und Oma Inge schon gar nicht. Sandras plötzlicher Abgang hat bei ihr noch zusätzlich Verwirrung gestiftet.«

»Sehe ich Sandra ähnlich?«

Femke schüttelte den Kopf. »Nein, überhaupt nicht. Aber Oma Inge meint oft Leute zu erkennen, die es gar nicht sind. Sie mochte Sandra sehr, und Thomas hat sich beim Frühstück neben dich gesetzt. Somit hat sie wahrscheinlich kombiniert, dass du Sandra bist. Etwas abwegig, aber für meine Großmutter wohl logisch.«

»Das klingt nachvollziehbar«, sagte Alida.

»Höchstwahrscheinlich wird Oma Inge wieder von

allein vergessen, dass sie dich für Sandra gehalten hat«, vermutete Femke und machte eine wegwerfende Handbewegung. »Es kann sein, dass sie gleich in die Küche kommt, sich dir vorstellt und fragt, wer du bist.«

»Gut, dann bin ich auf alles vorbereitet.« Alida lächelte Femke an. »Habt ihr nach Sandras Verschwinden noch mal was von ihr gehört?«, fragte sie. Ihr war bewusst, dass sie sich etwas indiskret verhielt, allerdings war sie auch ein bisschen neugierig.

»Nein. Nie wieder.«

»Bei dieser Geschichte kann man natürlich verstehen, dass Thomas nicht gut auf sie zu sprechen ist«, sagte Alida. Ihr tat Thomas leid. Auch wenn er ihr ein bisschen griesgrämig erschienen war. Trotzdem, so mies sitzengelassen zu werden, hatte niemand verdient.

»Naja, so etwas passiert eben. Lass dir davon nicht die Stimmung verderben, und genieße lieber den schönen Tag«, sagte Femke und zwinkerte ihr zu.

Nachdem sie die Küche aufgeräumt hatten, bot Femke Alida eine Besichtigungstour durch den Haubarg an. Sie zeigte Alida jedes Zimmer des malerischen Bauernhauses, das mit antiken und modernen Möbelstücken eingerichtet war. Das historische Reetdachhaus war zwar hier und da etwas in die Jahre gekommen, aber verzauberte Alida durch seine vielen liebevollen Details.

»Oh, wow!«, rief sie, als sie in einen Raum kamen, der über ein imposantes hölzernes Gebälk verfügte. »Wunderschön!«

»Das ist ein Schiffsmast. Er ist über 300 Jahre alt und zieht sich durch den kompletten Raum. Er wurde beim Bau des Hauses damals als tragender Balken verarbeitet«, sagte Femke stolz.

»Unglaublich! Eine Wohnung mit einem Schiffsmast. So was habe ich noch nie zuvor in einem Haus gesehen«, sagte Alida. »Darf ich davon ein Foto machen?«

»Nur zu!« Femke schien sich sehr über ihr Interesse zu freuen.

Schnell zog Alida ihr Handy aus der Hosentasche und fotografierte fasziniert den alten Schiffsmast. Da flog die Tür auf, ein Junge und ein Mädchen, gefolgt von Smudo, stürmten ins Zimmer. Die Kinder warfen sich Femke in die Arme, der Hund wedelte mit dem Schwanz und bellte laut vor Freude.

»Wir haben dir gebrannte Mandeln mitgebracht«, berichtete das Mädchen aufgeregt und drückte Femke eine durchsichtige Packung mit der Süßigkeit in die Hand.

»Danke, ihr Mäuse«, antwortete Femke und lachte. »Aber schaut mal, wir haben Besuch.« Sie machte eine Kopfbewegung in Alidas Richtung. »Das ist Alida.«

»Hallo.« Die Zwillinge gaben ihr wohlerzogen die Hand.

»Alida, das sind meine Kinder. Leni und Lasse.«

»Hallo, ihr zwei.« Alida betrachtete die Kinder, die sich ähnelten wie ein Ei dem anderen. Einzig die typische Mädchen- und Jungenkleidung und die unterschiedlichen Frisuren machten sie für Alida unterscheidbar. Leni hatte ihr langes Haar zu zwei Zöpfen geflochten und trug eine Winterjacke in Pastellrosa. Ihr Bruder hingegen hatte raspelkurzes Haar, und seine Jacke war marineblau.

»Femke?« Ein Mann mit einer dunkelgrauen Wollmütze und einer schwarzen Winterjacke erschien im Türrahmen. »Oh, Entschuldigung, ich wollte nicht stören«, sagte er, als er Alida erblickte. »Guten Tag.«

»Guten Tag«, grüßte sie zurück.

»Das ist Simon, mein Mann. Simon, das ist Alida, unser Feriengast«, stellte Femke sie einander vor.

»Freut mich.« Simon lächelte ihr freundlich zu. »Ich wollte kurz nachfragen, wo Oma ist. Auf dem Küchentisch liegen ihre Rätselsachen, aber sie ist nicht da.«

»Oma Inge ist in der Werkstatt«, antwortete Femke.

»Können wir zu Uroma rübergehen?«, fragte Leni.

»Das ist eine gute Idee. Kommt, Kinder«, sagte Simon.

»Möchtest du mitkommen und einen Blick in Omas Puppenwerkstatt werfen?«, fragte Femke Alida.

»Unbedingt. Das klingt interessant«, stimmte sie zu.

Zusammen mit Femke und ihrer Familie ging Alida nach draußen. Der Hund schloss sich dem Trupp an. Auf dem Hof angekommen öffnete Femke die Tür zum Nachbargebäude, in dem sich nicht nur die Puppen- und Teddywerkstatt ihrer Oma befand, sondern auch der urige Antiquitätenladen der Familie. Alida bestaunte die große Auswahl an aufgearbeiteten Möbeln, Werkzeuge mit kunstvollen Verzierungen, altertümliche Küchenutensilien, antike Gemälde, silberne Kerzenleuchter und Kunstobjekte verschiedener Herkunft, die in Vitrinen aufbewahrt wurden.

»Oma Inge und mein Großvater haben den Laden damals eröffnet«, erzählte Femke. »Wobei mein Opa eher für die Antiquitäten zuständig war und Oma Inge sich ganz auf die Restauration von Puppen und Kuscheltieren spezialisiert hatte. Sie bekam damals Spielzeug aus ganz Deutschland geschickt, das sie reparieren sollte. Manchmal kamen sogar Leute aus dem Ausland zu ihr, weil sie einen exzellenten Ruf hatte. Später haben dann meine Eltern die Geschäfte übernommen, und vor einigen Jahren sind Simon und ich in den Antiquitätenhandel eingestiegen.«

»Ich allerdings nur nebenberuflich. Hauptberuflich arbeite ich in der Tourismus-Zentrale«, fügte Femkes Mann hinzu.

Sie gingen weiter in einen angrenzenden Raum, in dem es vor Zubehör für Puppen und Teddybären nur so wimmelte. Inge Clevens saß dort vor einer Nähmaschine und war in ihre Arbeit vertieft. Als sie merkte, dass ihre Familie den Raum betreten hatte, blickte sie auf. Die Zwillinge stürmten auf sie zu. »Ich habe für den kleinen Kerl einen neuen Matrosenpullover genäht«, sagte sie und hielt einen Teddybären hoch. Interessiert begutachteten die Kinder das Plüschtier.

Alida war ganz bezaubert und schaute sich in der Spielzeugwerkstatt um. In einer offenen Kiste lagen verschiedene Puppenkleider und Anziehsachen für Teddys. Die Regalbretter an der Wand bogen sich unter dem Gewicht von Ersatzteilen, Stoffen und Werkzeug.

Die Zwillinge zogen ihren Vater ungeduldig aus der Werkstatt. Es hatte wieder angefangen zu schneien, und sie wollten unbedingt mit ihm im Garten einen Schneemann bauen.

»Femke, kannst du mir mal helfen? Ich kriege den Faden nicht durch das Öhr.« Die alte Dame hielt eine Nadel und ein Stück Garn in die Luft. Femke half ihr, den Faden einzufädeln.

Nachdem sich Alida in der Werkstatt umgesehen hatte, ging sie mit Femke zurück in den angrenzenden Laden. Femke schloss leise die Tür zur Puppenwerkstatt hinter sich, um ihre Oma, die völlig in ihre Arbeit vertieft war, nicht weiter zu stören.

»Ist deine Oma denn immer noch in ihrem Beruf tätig? Ich meine, trotz ihres Alters?«, fragte Alida leise.

Femke wandte sich ihr zu. »Nein, natürlich nicht«, erwiderte sie mit gedämpfter Stimme. »Sie hat Demenz, aber der Arzt sagt, wir sollen ihr die Werkstatt lassen, damit sie was zu tun hat.«

»Verstehe.« Alida schaute sich auch hier alles in Ruhe an. »Schön. Wirklich sehr schön.« Sie war vor einer aufwendig gearbeiteten Krippe in die Hocke gegangen, um die Figuren aus Holz besser betrachten zu können. »Hübsch bemalt.«

»Ist alles Handarbeit«, erklärte Femke.

Alida erhob sich wieder. »Kümmerst du dich alleine um deine demente Großmutter? Das ist sicher nicht einfach.«

»Nein, das würde ich gar nicht schaffen, mein Mann ist noch da, und meine Eltern leben auch hier. Sie sind aber gerade verreist. Wir teilen uns die Betreuung. Und Oma Inge hat auch gute Phasen. Dann ist sie relativ klar. An die ferne Vergangenheit erinnert sie sich recht genau. Sie kann zum Beispiel viele Backrezepte von früher auswendig, Adressen von Verwandten, die schon lange verstorben sind, und auch Telefonnummern von ehemaligen Kunden hat sie parat. Nur bei Dingen der jüngeren Vergangenheit kommt sie meistens durcheinander. Es ist so, als hätte sie die Geschehnisse von früher im Langzeitgedächtnis abgespeichert, als wäre ihre Festplatte aber voll und als könnten deswegen keine neuen Informationen mehr hinzugefügt werden.«

Alida blieb vor einer Engelsfigur stehen, die segnend ihre Flügel ausbreitete, und betrachtete sie. »Verstehe. Gut, dass ihr so viele seid und euch die Zeit aufteilen könnt. Ihr habt es so schön hier. Der Laden ist ein Traum. Ich glaube, ich möchte etwas kaufen. Meine Mutter sammelt Engel. Die Figur wäre das perfekte Weihnachtsgeschenk für sie.«

Femke nahm die Skulptur und legte sie auf einen Tisch, auf dem Zeitungspapier ausgebreitet war. Sie wickelte das kleine Kunstwerk vorsichtig ein und hielt es ihr hin.

»So, bitte. Den Engel kannst du bei deiner Abreise bezahlen.«

»Dankeschön.« Alida nahm die eingepackte Skulptur entgegen. »Dafür hat sich der Ausflug nach St. Peter-Ording schon gelohnt. Nun habe ich wenigstens ein passendes Weihnachtsgeschenk für meine Mutter«, sagte sie und zwinkerte Femke zu.

7. Kapitel

Bevor Alida sich dem eigentlichen Grund ihrer Reise widmete, wollte sie eine erste Erkundungstour durch den Ort machen, um sich einen Überblick zu verschaffen. Sie fragte Femke nach Tipps.

»Am besten startest du bei der Dünen-Therme. Die liegt mitten im Ortsteil Bad, da sind viele Parkplätze«, riet Femke ihr und schrieb die Adresse des Wellness-Centers auf einen Zettel.

Alida packte ihren Fotoapparat ein und fuhr los. Nachdem ihr Navigationssystem sie zu den Parkplätzen vor der Dünen-Therme auf Maleens Knoll gelotst hatte, machte sie sich dick eingemummelt in ihrer Winterjacke, mit Wollmütze auf dem Kopf und den Schal bis zur Nase hochgezogen, auf den Weg. Sie schaute zur Dünen-Therme und beschloss, dieser zu einem späteren Zeitpunkt einen Besuch abzustatten. Ein bisschen Wellness konnte schließlich nicht schaden. Aber für heute zog es sie zunächst Richtung Strand.

Glücklicherweise hatte es aufgehört zu schneien, und die Wolkendecke brach hier und da auf, sodass zeitweilig die Sonne schien. Alida lief über den Parkplatz, geradewegs auf ein weißes Haus mit Sprossenfenstern und rot gedecktem Ziegeldach zu. Bei näherem Hingucken erkannte sie, dass sich ein Buchladen in dem Gebäude befand. In den Schaufenstern waren Bücher verschiedenster Genres liebevoll zusammen mit weihnachtlichem Lesefutter dekoriert. Neben der Ladentür stand ein Tannenbaum, geschmückt mit einer Lichterkette, ein Vorbote auf das kommende Weihnachtsfest. *Bookbantje Truels* stand in gelber Schrift über dem Eingang. Der Buchladen sah so einladend aus, dass Alida zielstrebig auf die Tür zusteuerte.

Warmes Licht empfing sie, als sie den Laden betrat. Ihr erster Blick fiel auf einen Post- und Grußkartenständer in Leuchtturmform mit hübschen Karten, auf denen Pfahlbauten abgebildet waren. Sie musste an das Foto von Oma Nani und Hans denken und nahm sich vor, unbedingt nach dem Holzhaus Ausschau zu halten, vor dem sie gestanden hatten. Deckenhohe Regale mit Büchern für Leser jedes Alters bekleideten die Wände. Von der Decke strahlte ein imposanter Kronleuchter, und neben der Theke stand ein weiterer Baum, der festlich mit bunten Christbaumkugeln und weißen Kerzen geschmückt war. Eine Treppe führte in die erste Etage, in der es laut Anzeigentafel eine große Auswahl an Kinder- und Jugendbüchern gab.

Alida betrachtete eingehend die angebotene Lektüre, die auf den verschiedenen Büchertischen im Laden ausgestellt war. An einem Tisch mit nordfriesischen Reiseführern blieb sie stehen und wurde schnell fündig. Eine Karte vom südlichen Nordfriesland war genau das, wonach sie gesucht hatte. Sie ging zur Kasse und bezahlte die Faltkarte.

»Könnten Sie mir vielleicht noch sagen, wie ich von hier aus am schnellsten zum Meer komme?«, fragte sie den Buchhändler an der Kasse, nachdem er ihr den Reiseführer in eine praktische Jutetasche gepackt hatte, auf der *Wo Bücher zu Hause sind – Bookbantje Truels* stand.

»Da sind Sie gar nicht weit entfernt. Vor dem Buchladen wenden Sie sich nach links und gehen immer geradeaus an den Geschäften vorbei und dann bis zum Ende der Seebrücke. So kommen Sie auf schnellstem Weg zum Meer«, gab er ihr freundlich Auskunft. Zum Abschied bot er ihr noch an, sich bei dem Teller mit verzierten Weihnachtsplätzchen zu bedienen, der auf der Theke für die Kundschaft bereitstand. »Und einen Flyer für unseren diesjährigen Weihnachtsmarkt lege ich Ihnen auch noch in die Tasche. Vielleicht haben Sie ja Lust vorbeizuschauen.«

»Vielen Dank, gerne. Ich liebe Weihnachtsmärkte.« Alida nahm eine Serviette und etwas Gebäck. Danach schulterte sie den Jutebeutel, bedankte sich noch einmal bei dem Mann und verließ den Buchladen. Sie bog, wie ihr geheißen, nach links ab. Ihr Weg führte an einer Trattoria vorbei, einem Bekleidungsgeschäft, einem Souvenirlädchen und dem Hotel *StrandGut Resort*. Hier ging der Fußweg in einen offenen Platz über, und der Wind wehte mit einem Mal noch eisiger. Der eingeschneite Wasserspielplatz auf dem Seebrückenvorplatz war bei der Kälte verwaist. Auf der rechten Seite des Vorplatzes standen rote Holzhütten mit reichlich Schnee auf den Dächern, in denen ein Bernsteinladen und gleich daneben ein Fischrestaurant untergebracht waren. Die rot-weißen Fahnen des Restaurants flatterten geräuschvoll in der kalten Brise. Eine Möwe trotzte dem Wetter auf dem Geländer, das die Terrasse umgab. Gegenüber lag ein helles Strandwärterhäuschen.

Alida fröstelte und schob sich den letzten Keks in den Mund. Sie vergrub ihre geröteten Finger und die Serviette in den Jackentaschen ihres Parkas und blieb unschlüssig stehen. Trotz ihrer warmen Winterkleidung fror sie. Die Kälte zog durch den dünnen Stoff ihrer Jeans. Sie überlegte, ob sie ihre Entdeckungstour unterbrechen und in das Fischrestaurant einkehren sollte, um sich aufzuwärmen. Gegen eine heiße Tasse Tee und ein knuspriges Fischbrötchen hätte sie nichts einzuwenden. Aber eigentlich wollte sie erst das Meer sehen und nach den Pfahlbauten schauen.

Im Ort waren nur wenige Spaziergänger unterwegs, die meisten von ihnen gingen strammen Schrittes an ihr vorbei, die Jackenkragen hochgeschlagen. Alida schaute noch einmal zum Restaurant, das einen einladenden Eindruck machte. Aber ehe sie der Verführung erliegen konnte, marschierte sie zügig los. Wenigstens hatte sie ihre dicken Socken angezogen und trug gefütterte Schuhe. Vor ihr führte die über einen Kilometer lange Seebrücke von St. Peter-Ording über vereiste Salzwiesen. Die Holzbohlen der Brücke waren teilweise von Schnee bedeckt, und auf den Sitzbänken türmte sich das Weiß mehrere Zentimeter hoch. In der Ferne erblickte sie Pfahlbauten, die sie zuvor auf den Postkarten im Buchladen gesehen hatte und die, wie sie von Femke wusste, die Wahrzeichen von St. Peter-Ording waren.

Alida war eine gute Viertelstunde zügig gelaufen, bis sie endlich am Strand ankam. Staunend blieb sie stehen. Vor ihr erstreckte sich eine schier endlose Weite. Ein Pfahlbau ragte wenige Meter entfernt in die Höhe. Sie zog das Foto aus ihrem Portemonnaie und verglich das gestelzte Haus vor ihr mit dem auf dem Bild. Es war gut möglich, dass ihre Oma und Hans genau hier vor fast siebzig Jahren für ein Foto posiert hatten. Sicher war sie sich nicht, aber Alidas Ehrgeiz war geweckt. Sie wollte Hans unbedingt finden. Nun war sie schon hier und ihrem Ziel so nah.

Sie lief weiter über den Strand, und schließlich stand sie

fast mit den Füßen in der Brandung, die tosend heranrollte und Schaumkronen über den stellenweise mit Schnee bedeckten Sand trug. Der Wind pfiff und wirbelte Sandkörner durch die Luft. Alida ging am Meeressaum entlang, kämpfte dabei mit vorgebeugtem Oberkörper gegen den Wind an. Ihre Lungen füllten sich mit frischer Seeluft. Sie spürte förmlich, wie der Sauerstoff ihren Körper belebte. Sie blickte nach vorne und merkte, wie ihr Kopf immer freier wurde. Sie suchte mit den Augen nach dem Ende des Strands, doch sie fand es nicht. Irgendwann entdeckte sie einen Pfad, der vom Strand wegführte, und schlug ihn ein. Der Weg endete auf dem Deich, der sie in den Ortsteil Bad zurückbrachte. Alida legte den Kopf in den Nacken und schaute hoch zum Himmel. Dieses Blau! dachte sie glücklich. Der Wind, die Wellen und die unbeschreibliche Weite hatten sie buchstäblich einmal auf links gedreht und von allem unnötigen Ballast befreit. Sie atmete tief ein und aus, bevor sie bemerkte, dass sich ihre Füße wie Eisklumpen anfühlten – trotz warmer Wollsocken. Jetzt war es höchste Zeit, sich in einem Lokal aufzuwärmen.

Sie ging die Treppen zu einer geschützten Terrasse hoch, die zu einem Café mit eigener Konditorei gehörte, das direkt an der Strandpromenade lag und auf einem Schild mit hausgemachten Torten und Kaffeespezialitäten warb. Ihre Füße spürte sie vor lauter Kälte kaum noch. Aber trotzdem fühlte sie sich so entspannt und ausgeglichen wie seit Langem nicht mehr. Alida suchte sich einen Platz an einem Tisch vor der großen Fensterfront, von wo aus sie den atemberaubenden Blick auf die winterliche Dünenlandschaft genießen konnte. Sie streifte ihre Mütze und ihren Schal ab und hängte ihren Parka über die Stuhllehne neben sich. Dann griff sie zur Speisekarte und studierte sie. Wenig später kam ein Kellner, um ihre Bestellung aufzunehmen.

»Ich hätte gerne einen großen Milchkaffee und einen Apfelstrudel mit Vanillesoße, bitte.« Als der Kellner wieder gegangen war, holte sie ihr Handy hervor, um ihren Eltern endlich eine Nachricht zu schreiben und ihnen Bescheid zu geben, dass sie nicht zurück nach Berlin, sondern für ein paar Tage nach St. Peter-Ording gefahren war. Am Vorabend hatte sie in ihrem Zimmer keinen Empfang gehabt, und von Femke hatte sie erfahren, dass es in St. Peter-Ording vor Funklöchern nur so wimmelte und der beste Empfang im Haubarg neben dem Kühlschrank in der Küche war. »Aber im Ortsteil Bad müsstest du fast überall Empfang haben. Außer an manchen Stellen am Strand«, hatte sie gesagt.

Femke hatte recht. Sogar fünf Balken erschienen auf dem Display von Alidas Smartphone. Sie rubbelte die Handflächen gegeneinander, um sie etwas aufzuwärmen, dann schrieb sie die Nachricht.

Kaum hatte sie auf *Senden* gedrückt, kam auch schon der Kellner mit ihrer Bestellung. Der Milchkaffee schmeckte vorzüglich. Alida hatte das Gefühl, die Wärme des Getränks durch ihren Körper fließen zu spüren. Der dampfende Apfelstrudel mit Vanillesoße roch köstlich und schmeckte sogar noch besser, nach Zimt, Rosinen und gehackten Walnüssen. Ein Gedicht!

»Entschuldigung, wenn ich Sie störe.« Eine Frau war neben ihren Tisch getreten. Sie lächelte Alida entschuldigend an.

Alida schluckte das Stück Apfelstrudel hinunter. »Aber nein, Sie stören nicht«, entgegnete sie und sah die fremde Frau aufmunternd an.

»Normalerweise spreche ich nicht einfach so fremde Menschen an«, entschuldigte sich die Frau nochmals.

»Mache ich auch nicht.« Alida lächelte. »Kein Problem. Möchten Sie sich vielleicht setzen?« Sie deutete auf den Platz ihr gegenüber.

»Gerne, danke.« Die Frau setzte sich. Sie hatte lange braune Haare und ein Muttermal rechts über der Oberlippe. Ihr Gesicht war schmal und kaum merklich geschminkt. Sie trug einen dicken Norwegerpullover und Jeans. »Ich hoffe, ich blamiere mich mit meiner Frage jetzt nicht.«

»Fragen Sie nur.«

»Kann es sein, dass Sie beim Fernsehen arbeiten?«

Alida war überrascht. Sie hatte nicht damit gerechnet, dass sie gleich an ihrem ersten Tag in St. Peter-Ording erkannt wurde. In Berlin passierte ihr das so gut wie nie.

»Ja, ich arbeite beim Fernsehen«, antwortete sie halb der Wahrheit entsprechend.

»Ich wusste es!«, freute sich die Frau. »Irgendwie kamen Sie mir gleich bekannt vor. Sie sind doch Alida Jacobsen und moderieren die Sendung ›Die Wohnexpertin‹, oder?«

»Das ist richtig.« Zumindest war das mal richtig, fügte sie in Gedanken hinzu.

»Ich war mir nicht ganz sicher, ohne Make-up sieht man ja doch ein wenig anders aus«, plapperte ihr Gegenüber aufgeregt drauflos.

»Keine Schminke ist meine beste Tarnung.«

Die Frau lachte. »Ich wäre auch fast an Ihnen vorbeigegangen. Ich bin übrigens Gesa Wilken«, stellte sie sich vor.

»Sehr erfreut.«

»Ganz meinerseits.« Der Kellner kam wieder zu ihrem Tisch und servierte Gesa Wilken einen Tee. »Hatte ich bestellt, bevor ich Sie entdeckt habe«, erklärte sie.

»Ich hätte gern noch einen Milchkaffee«, sagte Alida zu dem Kellner.

»Darf ich fragen, was Sie ausgerechnet nach St. Peter-Ording verschlagen hat? Ein neues TV-Projekt oder einfach Urlaub?«

Alida überlegte kurz, wie sie auf die Frage unverfänglich antworten konnte. »Kein Projekt. Ich verbringe ein paar entspannte Tage hier, um abzuschalten.«

»Ach, wie schön!« Gesa Wilken trank einen Schluck von ihrem Tee. »Und auch wieder nicht.«

Alida zog belustigt die Augenbrauen hoch. »Also, ich finde es eigentlich ganz nett, ein wenig Freizeit zu haben«, sagte sie und war überrascht, dass sie ihre arbeitsfreie Zeit tatsächlich genoss und es ihr gelang, die Gedanken an ihre berufliche Zukunft erst einmal beiseitezuschieben.

»Natürlich, freie Zeit ist immer schön«, stimmte Gesa Wilken ihr zu und rührte mit einem Löffel in dem Tee. »Ich hätte Sie nur so gerne für ein Projekt gewinnen wollen. Es hätte einfach perfekt zu Ihnen gepasst.«

»Was für ein Projekt denn?«, fragte Alida interessiert.

»Ich bin Direktorin in einem sogenannten Lifestyle-Hotel und suche ganz dringend für ein Magazin-Shooting jemanden, der dem Hotel eine weihnachtliche Deko verpasst. Am besten jemanden mit Erfahrung, so wie Sie. Das Shooting war eine ganz spontane Idee von der Redaktion und muss bereits in ein paar Tagen stattfinden. Die Fotos sollen noch in der Weihnachtsausgabe des Magazins erscheinen. Zuerst dachte ich, ich kriege über Beziehungen jemanden aus Hamburg, aber natürlich ist mir bewusst, dass die Aktion äußerst kurzfristig ist, und leider hatte niemand, den ich gefragt habe, Zeit. Tja, und nun weiß ich nicht, was ich tun soll.«

»In ein paar Tagen ist das Shooting, sagen Sie?«

»Ja, leider.«

»Das würde ich schon hinkriegen.« Alida bemühte sich, möglichst gelassen zu klingen. Die Job-Anfrage der Hoteldirektorin war Musik in ihren Ohren, doch das wollte sie nicht so offensichtlich preisgeben.

»Wie meinen Sie das?«, fragte Gesa Wilken.

»Wenn Sie so dringend jemanden brauchen, kann ich einspringen. Ich würde Ihnen gern helfen«, bot Alida an.

»Wirklich?« Gesa Wilken wirkte freudig überrascht.

»Ja. Ich habe Zeit. Und Lust darauf«, bestätigte Alida. Die Job-Misere um die abgesetzte TV-Show würde sie erst einmal nicht erwähnen.

»Ich kann es gar nicht glauben! Sie schickt der Himmel!« Gesa stand von ihrem Platz auf. »Darf ich Sie einmal drücken?«

»Na klar!« Alida erhob sich ebenfalls und ließ sich in den Arm nehmen. Sie konnte ihr Glück ebenso wenig fassen wie Gesa, die ihr unverzüglich das Du anbot.

Sie verabredeten sich für den nächsten Abend in dem Hotel.

»Dann kannst du dir vor Ort ein Bild machen, und vielleicht können wir auch erste Ideen sammeln. Hier ist meine Karte.«

»Danke.« Alida betrachtete die Visitenkarte. Hotel *Strandhuus*. Das klang schon mal richtig nett.

»Dann sehen wir uns morgen um 18 Uhr?«

»Einverstanden.«

»Melde dich einfach an der Rezeption. Ich komme dann sofort zu dir«, sagte Gesa zum Abschied.

Als Gesa gegangen war, schaute Alida auf den Teller mit dem Rest ihres Apfelstrudels. Sie fragte sich, ob diese Begegnung gerade wirklich stattgefunden hatte oder ob es ein Tagtraum gewesen war, ausgelöst durch einen gehörigen Sauerstoff-Koller. Aber neben ihrer Tasse mit Milchkaffee lag Gesas Visitenkarte.

8. Kapitel

Es dämmerte bereits, als Alida ihr Auto wieder vor dem Haubarg parkte. Die Lampen neben dem Gehweg, der zu dem alten Bauernhaus führte, tauchten die Umgebung in einen warmen Schein. Hinter den Fenstern der Puppenwerkstatt konnte sie Licht sehen. Alida kramte in ihrer Tasche nach den Schlüsseln und schloss schließlich die Tür zum Nebengebäude auf. Die Tür zur Puppenwerkstatt stand sperrangelweit offen. Am Arbeitstisch saß Inge Cleves und blickte ihr entgegen. »Moin, Sandra.«

Alida musste lächeln und betrat die Werkstatt. »Guten Abend.«

»Du bist aber lange weg gewesen.«

»Ich habe einen ausgiebigen Spaziergang am Strand gemacht und war danach noch in einem Café«, erzählte Alida.

»Schön, setz dich ein bisschen zu mir, Sandra, ja?«

Alida zog ihre Winterjacke aus, stellte einen Stuhl neben den der alten Dame und schaute ihr bei der Arbeit zu. Inge Cleves hatte allerhand Arbeitsutensilien auf der Holzplatte ausgebreitet. Auf dem Tisch lag eine alte Puppe, der

Augen, Haare und ein Bein fehlten. Über das Puppengesicht verlief eine hässliche Risswunde.

»Ist sie noch zu retten?«, fragte Alida skeptisch.

»Bisher habe ich alle meine Patienten gerettet. Egal, in welchem Zustand sie bei mir angekommen sind«, antwortete Frau Cleves selbstbewusst. »Diese alte Schildkröt-Puppe hat mir ein Puppen- und Spielzeugmuseum zur Begutachtung geschickt.«

Inge Cleves lächelte. Sie arbeitete still weiter, und Alida sah ihr interessiert zu. Plötzlich legte sie Alida eine Hand auf den Arm.

»Ich singe morgen mit dem Chor beim Weihnachtskonzert in der St. Peter Kirche. Ich würde mich sehr freuen, wenn du auch kommst.«

»Ja, gern. Warum nicht?« Alida freute sich über die Einladung. Sie dachte an ihre Oma, die sehr gläubig gewesen und bis zu ihrem Tod jeden Sonntag zum Gottesdienst gegangen war. Vielleicht war sie damals während ihres Aufenthaltes in St. Peter-Ording auch in die St. Peter Kirche gegangen. Vielleicht kannte Femkes Großmutter sogar Hans oder gar ihre Oma. Vom Alter her wäre es zumindest möglich. Alida überlegte, ob sie die alte Dame nach Hans fragen sollte, entschied sich aber dagegen. Sie wollte erst einmal gucken, was sie selbst herausfand. Fragen konnte sie immer noch. Außerdem wollte sie ihre Verbindung zu diesem Ort nicht gleich preisgeben. Sie trug dieses Geheimnis mit sich herum und wollte es noch ein bisschen länger bewahren.

Alida blieb noch eine Weile neben Femkes Oma sitzen und schaute ihr beim Restaurieren zu, bevor sie sich verabschiedete und hoch in ihr Zimmer ging.

Oben angekommen legte sie den Beutel von der Buchhandlung auf ihr Bett und zog sich rasch aus, um eine heiße Dusche zu nehmen. Als die angenehm warmen Wasserstrahlen aus dem Duschkopf auf ihren Körper hinabprasselten, schloss sie die Augen und genoss das Gefühl, sich wieder ganz aufzuwärmen. Nach der Dusche schlüpfte sie in den Frotteebademantel und merkte, wie erledigt sie war. Nordseeluft macht eben nicht nur hungrig, sondern auch müde, dachte sie, während sie zurück in ihr Zimmer ging. Sie kroch ins Bett, löschte das Licht des kleinen Nachttischlämpchens und schloss die Augen. Die zufällige Begegnung mit Gesa ging ihr durch den Kopf. Was hatte sie doch für ein Glück, dass sich dieser kleine Deko-Job im *Strandhuus* ergeben hatte. Es war erstaunlich, wie sich manche Dinge im Leben fügten. Sie freute sich darüber, wieder Termine und Pläne zu haben – wenigstens für eine kurze Zeit. Das half ihr, optimistisch nach vorne zu blicken und daran zu glauben, dass es schon irgendwie weitergehen würde.

Am nächsten Morgen nach dem Frühstück machte sich Alida auf den Weg zur St. Peter Kirche, um bei dem Konzert von Inge Cleves dabei zu sein. In der Kirche war es angenehm warm. Überall brannten dicke Kerzen, und es roch nach heißem Wachs. Alida nahm in einer mittigen Reihe der Kirche Platz. Auf den Stühlen lagen blaue Sitzkissen, darauf jeweils ein Gesangsbuch. Alida schaute sich um. Sie konnte sich nicht mehr daran erinnern, wann sie das letzte Mal in einer Kirche gewesen war. Doch die besonders feierliche Atmosphäre in der alten St. Peter Kirche nahm sie sofort gefangen. Sie sah sich den kunstvoll verzierten Altar genauer an. Das untere Feld des linken Altarflügels zeigte die Geburtsgeschichte von Jesus Christus. Amüsiert stellte Alida fest, dass dabei ausgerechnet das Jesus-Kind fehlte. Sie ließ den Blick durch den Raum schweifen. Die Kirche war bereits gut gefüllt, und es strömten immer weitere Leute herein.

Eine Frau mit schulterlangen rotbraunen Haaren schritt den Gang entlang. Sie trug eine auffällig bunte Stola über einer weißen Bluse und hielt einen Stapel Papier in einer Hand. Sie blieb vor der ersten Sitzreihe stehen, in der Alida nun auch Inge Cleves entdeckte. Die Frau mit der Stola war um einiges jünger als Femkes Großmutter. Sie verteilte die Blätter an die Kirchenbesucher in der ersten Reihe und schien ihnen dabei Anweisungen zu geben. Dann setzte sie sich auf den freien Platz am Kirchengang, und kurz danach erklangen die ersten Orgeltöne, die das Weihnachtslied *Vom Himmel hoch, da komm' ich her* anstimmten, das inbrünstig von den Besuchern mitgesungen wurde. Selbst Alida, die sich für keine große Sängerin hielt, warf ihre Zurückhaltung nach dem dritten Weihnachtslied über Bord und stimmte lauthals in *Fröhliche Weihnacht überall* ein. Zu ihrer eigenen Überraschung machte ihr das Singen einen Heidenspaß. Als die letzten Töne verklungen waren, fühlte sie sich fast ein wenig traurig.

Sie versuchte, über die Köpfe der Menschen hinweg etwas zu erkennen. Wenigstens bei Frau Cleves wollte sie sich kurz sehen lassen, um ihr zu ihrem Auftritt mit dem Kirchenchor zu gratulieren. Sie drehte sich um und erspähte die alte Dame auf der Höhe des Kirchenausgangs. Sie hatte sich bei der Frau mit der Stola untergehakt und ließ sich von ihr nach draußen führen. Alida zog den Reißverschluss ihrer Jacke hoch und beeilte sich, hinterherzukommen. Mit mäßigem Erfolg jedoch, denn die gleiche Richtung hatten die verbliebenen Kirchenbesucher ebenfalls eingeschlagen. Sie kam bloß im Schneckentempo vorwärts. Als sie endlich draußen war, entdeckte sie Inge Cleves, die bei einem Grüppchen Damen stand. Alida ging zu ihnen.

»Guten Tag. Ich hoffe, ich störe nicht. Ich wollte nur sagen, dass der Chor-Auftritt wunderbar war.«

»Das ist aber schön, dass du gekommen bist, Mädchen«, sagte Femkes Oma erfreut und strich Alida dabei über den Oberarm.

»Es hat mir wirklich sehr viel Spaß gemacht. Ich wusste gar nicht, dass ich so gerne singe.« Alida lachte.

»Wir sind immer auf der Suche nach singfreudigem Nachwuchs«, schaltete sich nun die Frau mit der bunten Stola ein. »Ich bin die Chorleiterin. Sie können sich jederzeit bei mir melden.«

Alida machte eine abwehrende Handbewegung. »Ich fürchte, für die Mitgliedschaft in einem Chor fehlt mir das nötige Talent.«

»Umso schöner, dass du gekommen bist«, fand Inge Cleves. »Wir gehen jetzt Tee trinken. Möchtest du mitkommen?«

»Danke für die Einladung, aber ich habe noch etwas vor. Beim nächsten Mal gerne«, sagte Alida und verabschiedete sich von der Frauenrunde. Etwas anderes hatte ihr Interesse geweckt. Neben dem Weg zur Kirche befand sich ein parkähnliches Areal, auf dem ein kleiner Friedhof angelegt war. Alida schritt die Gräber ab und las dabei die Namen auf den Grabsteinen. Falls Hans mittlerweile gestorben war, würde er vielleicht hier liegen. Immerhin war St. Peter-Ording ein überschaubares Örtchen, und es war nicht ganz abwegig, dass er seine letzte Ruhe hier gefunden hatte. Alida hoffte inständig, nicht fündig zu werden, und war am Ende erleichtert, den Vornamen Hans auf keinem der Grabsteine gelesen zu haben. Sie holte ihren Fotoapparat aus ihrer Umhängetasche und machte ein paar Aufnahmen von der hübschen Kirche. Den Rest des Tages wollte sie nutzen, um St. Peter-Ording weiter zu erkunden und dabei einiges für ihren Blog zu fotografieren. Deswegen ließ sie ihren Wagen vor der Kirche stehen und machte sich zu Fuß auf den Weg.

Am Abend zündete Alida eine Duftkerze an und stellte sie in das Windlicht auf der Fensterbank. Sie hatte sich mit einer Tasse Tee auf ihr Zimmer über der Puppenwerkstatt zurückgezogen. Der Tag war anstrengend gewesen, und sie war ein bisschen enttäuscht, dass sie noch nichts über Hans herausgefunden hatte. Morgen würde sie sich definitiv voll und ganz der Suche widmen. Schließlich war sie deswegen hergekommen.

Nun lag sie im Bett und wollte den Abend mit einem Buch ausklingen lassen. In dem Nachtschränkchen hatte sie einen spannenden Krimi gefunden, der auf Eiderstedt spielte. Nach den ersten zwei Kapiteln fielen ihr fast die Augen zu. Sie machte eine Pause und trank die Tasse Tee aus, stand vom Bett auf und trat ans Fenster. Sie hielt Ausschau nach dem Leuchtturmlicht und musste nicht lange warten, da blitzte es in der Ferne hell auf.

Das Singen in der Kirche hatte ihr gutgetan. Ihr fiel auf, dass sie fast gar nicht an ihre eingestampfte TV-Sendung gedacht hatte, seitdem sie Oma Nanis Geheimnis an diesen Ort geführt hatte. Obwohl ihr natürlich bewusst war, dass sie sich um eine zukünftige Arbeit kümmern musste, um Geld zu verdienen, und nicht ewig im Zimmer Leuchtturmblick wohnen konnte – wobei sie dagegen nichts einzuwenden gehabt hätte. Im Moment schienen ihre Probleme weit weg zu sein. In St. Peter-Ording war kein Platz für Schwierigkeiten. Alida fühlte sich in dem friesischen Haubarg immer mehr wie zu Hause.

Doch sie wurde auch ein bisschen wehmütig und musste sich eingestehen, dass sie gern mit Femke getauscht hätte, die nicht nur einen tollen Ehemann hatte, sondern auch zwei wunderbare Kinder und mit ihren Eltern und ihrer Großmutter unter einem Dach lebte. Alida wurde durch Femke und deren Familie zunehmend bewusst, dass das Leben nicht nur aus Arbeit bestand. Doch darauf hatte sie sich in den letzten Jahren fast ausschließlich konzentriert. Vielleicht sollte ihr die berufliche Katastrophe zeigen, wie wichtig es war, sich auch den anderen Bereichen des Lebens zuzuwenden. Tat ihr das Leben sogar einen Gefallen, indem es sie zwang, ihre Prioritäten zu überdenken? Obwohl sich Widerstand in Alida regte, versuchte sie, diesen Gedanken zuzulassen.

9. Kapitel

Am nächsten Morgen nahm Alida endlich die Suche nach Hans in Angriff. Sie fuhr mit dem Auto ins Zentrum von St. Peter-Ording und suchte dort das Bürgerbüro in der Badallee auf. Schnell hatte sie das richtige Gebäude gefunden und wartete vor der Bürotür, bis eine Stimme aus dem Zimmer dahinter sie zum Eintreten aufforderte.

»Guten Morgen«, grüßte Alida die Angestellte des Bürgerbüros, die hinter einem großen Schreibtisch saß, auf dem sich mehrere Akten stapelten.

»Moin! Was kann ich für Sie tun?« Die Frau deutete mit einer Handbewegung an, dass Alida auf dem Stuhl vor ihrem Schreibtisch Platz nehmen sollte.

»Danke.« Alida setzt sich und legte ihre Umhängetasche auf den Schoß. »Ich habe ein vielleicht nicht ganz einfaches Anliegen. Ich suche jemanden, habe aber nicht viele Informationen über die Person.«

»Aha. Geben Sie mir doch bitte mal den Vor- und Nachnamen. Ich schaue nach, ob ich etwas finden kann«, bot die Sachbearbeiterin an.

»Ich weiß bloß, dass der Vorname Hans lautet und er 1949 in St. Peter-Ording war.«

»Hm … das ist wirklich nicht viel.«

Alida hielt kurz inne und ging gedanklich den Inhalt der Briefe durch. Ihr fiel auf, keine Textstelle gelesen zu haben, in der davon die Rede war, dass Hans in St. Peter-Ording lebte. Theoretisch hätte er auch in einem anderen Ort wohnen können.

»Ja, ich weiß. Meine Großmutter hat diesen Mann 1949 hier kennengelernt, doch sie ist mittlerweile verstorben. Deswegen kann ich sie nicht mehr fragen.«

Die Angestellte faltete die Hände auf der Tischplatte und nickte verständnisvoll. »Ich fürchte, allein mit dem Vornamen wird es uns nicht möglich sein, den richtigen Hans ausfindig zu machen. Aufs Geratewohl kann ich Ihnen nicht einfach Daten rausgeben. Da müssten Sie schon ein wenig mehr Informationen haben. Tut mir leid. Kommen Sie gern wieder, wenn Sie mehr wissen.«

Alida nickte, bedankte sich und verließ das Büro. Sie war enttäuscht, obwohl sie wusste, dass die Dame recht hatte. Als sie nach draußen trat, blieb sie für einen Moment unschlüssig vor dem Gebäude stehen. Dass in den Briefen nirgendwo zu lesen war, wo genau Hans lebte, machte es natürlich schwierig. Sie war einfach davon ausgegangen, dass er aus St. Peter-Ording kam. Am Abend wollte sie alle Briefe noch einmal gründlich durchsehen und auf jedes Detail achten. Entschlossen machte sie sich auf den Rückweg zum Haubarg.

»Das ist doch viel zu schwer für dich. Warte besser, bis Simon wieder da ist.« Femke hatte die Hände in die Hüfte gestützt und blickte skeptisch auf die Ladefläche eines kleinen Transporters. Der Wagen parkte vor dem Nebengebäude des Haubargs, in dem sich der Antiquitätenladen und die Puppenwerkstatt befanden.

»Quatsch! Das bekommen wir schon hin, wenn ihr auch mit anfasst«, sagte Thomas zu seiner Schwester und nickte Alida zu, die ihren Wagen geparkt hatte und auf das Haus zuging. »Bis Simon zurück ist, ist es Abend. Da muss ich längst bei der Arbeit sein. So viel Zeit habe ich nicht.«

»Sei bloß vorsichtig! Nicht, dass der Schrank noch kaputtgeht«, mahnte Femke ihren Bruder.

Thomas hob den Schrank wieder an. Er bugsierte ihn Stück für Stück über eine Rampe aus dem Transporter und stellte sich dabei ziemlich geschickt an.

»Onkel Thomas schafft das schon!«, rief Lasse begeistert.

»Keiner ist so stark wie Onkel Thomas«, pflichtete Leni ihm bei. »Außer Papa vielleicht.«

Alida und Femke fassten an der anderen Seite des Schranks mit an und trugen ihn zusammen mit Thomas in den Antiquitätenladen, wo sie ihn mitten im Verkaufsraum abstellten.

Die Zwillinge liefen hinterher und gleich weiter in die Puppenwerkstatt. »Wir holen Uroma.«

»Geschafft«, sagte Femke zufrieden und betrachtete eingehend den Neuzugang für ihr Geschäft. »Hübsch, wirklich sehr hübsch. Ich habe schon eine Idee, wem meiner Kunden das gute Stück gefallen könnte.«

»Was höre ich da? Kunden? Der Schrank würde sich vorzüglich in meiner Werkstatt machen.« Inge Cleves war mit den Kindern zu ihnen gekommen. Sie öffnete die Schranktüren und blickte prüfend hinein. »Ein echtes Schmuckstück ist das. Viel zu schade zum Verkaufen.«

»Ginge es nach dir, würde ich gar nichts verkaufen. Dann hätte ich schon ein extra Haus nur für Antiquitäten bauen müssen«, sagte Femke zu ihr. »Ein Antiquitätenmuseum. Aber sag mal, Oma, wolltest du nicht heute mit Leni und Lasse einen Kenkenbuum backen?«, wechselte sie das Thema.

»Stimmt, kommt Kinder, lasst uns in die Küche gehen.«

»Du musst aber auch mitkommen«, forderte Leni Alida auf.

»Ich? Ich habe gar keine Ahnung, was ein Kenkenbuum überhaupt ist«, entgegnete Alida.

»Wirklich nicht? Dann wird es aber höchste Zeit, dass du es erfährst. Du kannst schließlich nicht meinen Enkel heiraten, ohne vorher die friesischen Bräuche kennenzulernen«, fand die alte Dame.

Thomas schnaubte. Er verdrehte die Augen und erntete dafür einen mahnenden Blick von Femke.

»Traditionen muss man pflegen, sonst werden sie irgendwann vergessen«, ließ sich seine Großmutter nicht aus ihrem Konzept bringen und griff nach Lenis Hand.

»Das stimmt natürlich«, gab Alida sich geschlagen und musste lächeln. »Ich komme gleich nach.«

»Hurra!«, jubelten die Zwillinge vor Freude. »Das wird lustig!«

Inge Cleves verließ zusammen mit den Kindern das Nebengebäude.

Sobald sie die Tür hinter sich geschlossen hatten, fuhr Thomas sich mit einer Hand durch die Haare. »Oh Mann, ich weiß nicht, ob das so eine gute Idee ist.« Ihm war offensichtlich immer noch nicht ganz wohl bei der Sache.

So richtig sympathisch fand Alida Thomas' Verhalten nicht. Aber sie konnte sein Zögern auch verstehen. Ihr gegenüber verhielt er sich weiterhin sehr unkommunikativ. Er hatte bisher kaum ein Wort mit ihr gewechselt.

»Ich muss langsam los zur Arbeit.« Thomas setzte seine Mütze auf und ging zur Tür. Dort blieb er stehen und drehte sich zu den Frauen um. »Spätestens nach Weihnachten muss das Pärchen-Theater aber wieder aufhören, sonst lässt Oma unsere Hochzeit noch im Eiderstedter Kurier ankündigen«, sagte er, bevor er das Haus verließ.

»Jaja, mach dir keine Sorgen.« Femke sah Alida an und zog die Augenbrauen hoch.

Auf dem großen Holztisch in der Küche standen eine Packung Salz und Mehl, eine Flasche Öl, eine Schale mit Wasser und eine Schüssel sowie ein Holzgestell bereit. Daneben lagen eine Teigrolle und verschiedene Keksausstecher, und in einem geflochtenen Korb befanden sich frische Tannenzweige. Alida und die Kinder saßen auf Stühlen, Femkes Oma hatte sich vor den Tisch gestellt und trug nun eine mit Karos gemusterte Schürze.

»Auf Amrum und den anderen nordfriesischen Inseln und auch den Halligen gab es früher kaum Bäume, als es zum Brauch wurde, einen Weihnachtsbaum aufzustellen. Deswegen schmückte man anstatt einer Tanne ein Holzgestell. So wurde der traditionelle Amrumer Kenkenbuum erfunden. Auf Föhr hieß er auch Föhrer Bogen. Auf Sylt kennt man ihn als Jöölboom«, erzählte Inge Cleves und nahm das Holzgestell in die Hand. »Das Gestell hat noch mein Vater, euer Ururgroßvater, gebaut«, wandte sie sich an die Zwillinge.

»Dann ist es richtig antik«, sagte Alida.

»So ist es. Antik und von einer außerordentlich guten Qualität«, bestätige Femkes Oma.

»Mit was wird der Kenkenbuum denn geschmückt?«, wollte Alida wissen.

»Mit Tannenzweigen und Salzteigfiguren, die verschiedene Eigenschaften verkörpern. Wir brauchen einen Hahn für die Wachsamkeit, einen Hund für die Treue. Das Pferd symbolisiert Ausdauer, Kraft und Schnelligkeit, und der Apfelbaum mit der Schlange und Adam und Eva stellt den Anfang allen Lebens und die Erkenntnis dar«, erzählte die alte Dame hoch konzentriert.

»Wir machen aber immer noch mehr Salzteigfiguren«, erklärte Leni. »Ich mache immer Schweine, Kühe und Schafe.«

»Und ich Fische, Segelschiffe und eine Mühle«, ergänzte Lasse, während Leni und ihre Uroma die Zutaten in einer Schüssel vermengten.

»Du kannst den Teig jetzt kneten, bis er schön geschmeidig geworden ist«, forderte Inge Cleves Alida auf.

»Gerne«, stimmte sie zu und machte sich an die Arbeit.

Nachdem sie das Holzgestell mit den Tannenzweigen geschmückt, die verschiedenen Figuren geformt und in den Backofen geschoben hatten, bekam Alida einen kleinen Schreck. Sie hatte beim Salzteigbacken so viel Spaß gehabt, dass sie die Zeit ganz vergessen hatte. Die Küchenuhr an der Wand zeigte bereits halb sechs an. Um sechs Uhr war sie mit Gesa Wilken im Hotel verabredet. Sie musste sich sputen, wenn sie es noch pünktlich zum Termin schaffen wollte.

»Oh, so spät ist es schon! Ich muss mich verabschieden, weil ich noch was Dringendes erledigen wollte«, entschuldigte sie sich.

»Alles klar. Wir sind ja so gut wie fertig«, sagte Inge Cleves.

»Das Salzteigbacken hat wirklich großen Spaß gemacht.« Alida wusch sich die Hände. »Ich bin gespannt, wie der Kenkenbuum aussehen wird, wenn er fertig ist. Bis später.« Mit eiligen Schritten verließ sie die Küche. Sie zog sich schnell um und brauste kurz darauf in ihrem Mini zum Hotel.

Pünktlich um 18 Uhr fuhr sie mit ihrem Auto auf den Parkplatz des Hotels *Strandhuus*, das in unmittelbarer Nähe zum Ordinger Strand lag. Als sie den Motor ausgestellt hatte, blieb sie noch einen Augenblick sitzen, um sich vor dem Gespräch mit Gesa zu sammeln. Dann stieg sie aus, warf die Autotür zu und ging zum Eingang des Hotels. Ihr Weg zur Rezeption führte sie zunächst über eine Veranda und weiter in eine gemütliche Lobby, in der es sich die Gäste auf Sofas und Sesseln in gedeckten Farben gemütlich machen konnten. Im Hintergrund lief entspannende Musik, die das lockere Ambiente des Hotels unterstrich. Alida meldete sich bei einer jungen Frau an, die hinter dem Empfang an einem Computer saß. »Hallo, mein Name ist Alida Jacobsen. Ich bin mit Frau Wilken verabredet.«

»Moin! Und herzlich willkommen bei uns im *Strandhuus*, Frau Jacobsen. Einen Moment bitte«, sagte die junge Empfangsdame mit einem freundlichen Lächeln. Sie griff zum Telefon, wobei Alida ihr Namensschild auffiel, auf dem bloß ihr Vorname stand. Hannah.

»Gesa? Frau Jacobsen ist da. Ja … mach ich.« Sie legte den Hörer auf. »Gesa kommt sofort. Sie können noch für einen Moment in der Lounge Platz nehmen, wenn Sie mögen. Ach ja, ich bin übrigens ein großer Fan Ihrer Sendung. Einige Ihrer tollen Deko-Tipps habe ich in meiner Wohnung ausprobiert.«

»Ach, wie schön, danke! Das freut mich, dass Sie nicht nur die Sendung geschaut, sondern auch selbst kreativ geworden sind«, antwortete Alida erfreut. In St. Peter-Ording schien sie offensichtlich eine kleine Fangemeinde zu haben.

»Ich kann es kaum erwarten, die Weihnachtsdeko in unserem *Strandhuus* zu sehen.«

»Ich auch. Das wird bestimmt toll!«

Alida ließ sich auf einen braunen Ledersessel sinken und schaute sich neugierig um. Was sie sah, gefiel ihr. Die Einrichtung der Lounge war in einem edlen Grau, Creme und Braun gehalten, die Möbel allesamt geschmackvoll, eine Kreuzung aus Vintage-Optik und Shabby Chic. Alida konnte sich eine Weihnachtsdeko aus traditionellen und modernen Elementen in den Räumen vorstellen. Hoffentlich traf sie den Geschmack von Gesa. Sie spürte plötzlich eine große Lust, wieder zu arbeiten und ihrer Kreativität Raum zu geben. Auch wenn sie Frau Brandts Villa nicht in einen Weihnachtstraum verwandeln konnte, durfte sie ihrem Ideenreichtum zumindest hier freien Lauf lassen. Das Hotel-Projekt würde sich zudem optimal für ihren Deko-Blog eignen, den sie seit der Absetzung ihrer TV-Show sträflich vernachlässigt hatte. Ein weihnachtlich geschmücktes Hotel zu fotografieren, wäre ideal, um ihre Arbeit fernab einer TV-Sendung zu präsentieren. Für ein Magazin hatte sie noch nie gearbeitet. Vielleicht konnte sie mit diesem Auftrag neue berufliche Wege einschlagen. Sie war jedenfalls zu allem bereit.

»Moin! Wie schön, dass du da bist.« Gesa kam zur Begrüßung mit ausgebreiteten Armen auf sie zu.

»Ich freue mich auch.« Sie umarmten sich kurz, dann musterte sie Gesa unauffällig, die genauso locker gekleidet war wie bei ihrer ersten Begegnung, obwohl sie nun in der Funktion der Hoteldirektorin vor Alida stand. Sie trug bequeme halbhohe Boots zu einer ausgewaschenen Jeans und eine helle Bluse mit rotem Rentiermuster. Ihr Haar hatte sie nach hinten gesteckt, was ihr schmales Gesicht betonte, das sie wieder nur sehr dezent geschminkt hatte.

»Ich freue mich sehr, dass es so spontan bei dir geklappt hat. Schließlich habe ich dich in dem Café ja wirklich überfallen.« Gesa lachte. »Wollen wir gleich mit der Besichtigung starten? Oder möchtest du vorher noch etwas trinken?« Sie zeigte auf die Bar, die sich neben der Rezeption befand.

»Lass uns gern erst den Rundgang machen«, antwortete Alida.

Gesa führte sie durch das Hotel, das nicht nur vom Namen her an ein Strandhaus erinnerte. Der maritime Einrichtungsstil zog sich durch alle Räumlichkeiten.

»Was sagst du zu unserem *Strandhuus*?«, fragte Gesa, nachdem sie die Führung durch das Hotel beendet hatten.

»Es ist wirklich wunderschön. Hier würde ich auch sofort Urlaub machen wollen«, antwortete Alida.

»Schön! Das freut mich! Wollen wir uns an die Bar setzen?«, fragte Gesa. »Dann können wir bei einem Gläschen die Einzelheiten des Projekts besprechen.«

»Ja, sehr gern.«

Die Hoteldirektorin steuerte auf die Bar zu, und Alida folgte ihr. Sie setzten sich auf hohe Hocker und bestellten Getränke bei dem Barkeeper, Alida einen Fruchtcocktail und Gesa eine Apfelschorle.

»Das Spa ist ein absoluter Traum. Ist es ausschließlich für *Strandhuus*-Gäste?«, fragte Alida interessiert. Sie liebte Spa-Besuche. Vielleicht könnte sie dieses in den nächsten Tagen einmal nutzen?

»Ausschließlich und exklusiv. Aber du bekommst natürlich eine Sondergenehmigung, wenn du dich mal verwöhnen lassen willst«, bot Gesa ihr an.

»Oh, das klingt toll. Da komme ich vielleicht wirklich drauf zurück«, freute sich Alida. »Soll für das Fotoshooting denn das komplette Hotel dekoriert werden?« Sie bückte sich zu ihrer Tasche, die sie auf dem Boden abgestellt hatte, und entnahm ihr ein Notizheft und einen Stift.

»Nein, nicht das ganze Hotel. Das Magazin möchte gerne Fotos von der Veranda und unserem Eingangsbereich machen, die Lounge soll dekoriert werden, ein Loft und unser alter Hotel-Bulli. Das hat sich die Redaktion ausdrücklich gewünscht, weil der Bus so schön nostalgisch ist.«

Alida machte sich Notizen. »Oh, wie schön! Ich habe eine Schwäche für Bullis.«

»Da haben wir was gemeinsam.«

»Gibt es schon eine bestimmte Vorstellung, in welche Richtung das Raum-Styling gehen soll?«, wollte Alida wissen.

»Ja, in der Tat, das gibt es. Das Magazin möchte die Homestory unter dem Titel ›Heiligabend am Meer‹ aufziehen.«

»Schönes Motto«, fand Alida und blickte von ihrem Notizheft hoch. »Also, ein Motto gibt es, aber beim Stil hätte ich freie Hand?«

Gesa nickte. »Ja. Du kannst dich vollkommen austoben. Hauptsache, wir haben am Ende eine weihnachtliche Stimmung und die Leser vom Magazin rennen uns die Bude ein.« Gesa lächelte.

»Das sollte klappen. Mir schwebt ein Mix aus traditioneller Vintage-Art und dem amerikanischen Stil à la ›Merry Christmas‹ vor.« Alida konnte das dekorierte Hotel schon bildhaft vor ihren Augen sehen.

Während sie mit Gesa an der Theke saß und sie sich über weitere Details zum geplanten Deko-Projekt unterhielten, bemerkte Alida, dass an der Bar der Schichtwechsel des Personals stattfand. Ohne weiter darauf zu achten, erzählte sie Gesa von ersten Ideen, die ihr spontan bei der Hotelbesichtigung gekommen waren. Alles sollte Gemütlichkeit und Festlichkeit ausstrahlen. Neben selbst gebasteltem Deko-Schmuck in Rot, Grün und Silber wollte sie Weihnachtsstrümpfe und Efeukränze aufhängen und ein großes Lebkuchenhaus mit Beleuchtung im Eingangsbereich aufstellen.

»Ich bin total begeistert von deinen Vorschlägen. Wie gut, dass ich dich gefunden habe! Ich wusste, dass du genau die Richtige für diesen Job bist«, sagte Gesa beschwingt. Sie freute sich sichtlich auf das Projekt.

Alida war erleichtert. Dieser Job tat ihr und ihrem angeknacksten Selbstbewusstsein mehr als gut.

»Ich finde, darauf sollten wir mit einem Gläschen Sekt anstoßen. Was meinst du?«, fragte Gesa.

»Ich muss zwar noch Auto fahren, aber ich glaube, ein Sekt ist okay«, stimmte Alida ihr zu und verfrachtete das Notizheft und den Stift zurück in ihre Tasche.

»Zwei Gläser Sekt bitte«, hörte sie Gesa bestellen.

Als Alida sich auf dem Hocker zur Theke drehte, erkannte sie den Barkeeper, der die Spätschicht übernommen hatte. Es war kein Geringerer als Thomas, Femkes Bruder.

»Ach«, entfuhr es ihr überrascht, »du arbeitest hier?«

»Sieht so aus«, sagte er und stellte die gefüllten Sektgläser vor ihnen auf die Theke.

»Ihr kennt euch?«, fragte Gesa interessiert.

»Ja, sie ist zu Gast bei meiner Schwester«, kam Thomas ihr zuvor, fast, als befürchtete er, Alida könnte etwas anderes erzählen.

»Daran sieht man wieder, dass St. Peter-Ording wirklich ein Dorf ist, in dem jeder jeden kennt. Auf unser Projekt!« Gesa erhob ihr Glas.

»Auf den Heiligabend am Meer«, sagte Alida und stieß mit der Hoteldirektorin an.

Aus dem Augenwinkel sah Alida, dass Hannah auf sie zukam. »Gesa? Entschuldigung, aber ich habe ein wichtiges Telefonat für dich.«

»Ich komme.« Gesa stellte das Glas auf der Theke ab und wandte sich an Alida. »Entschuldige bitte, ich bin gleich wieder da.«

Alida schaute zu Thomas. Nun traf sie ihn sogar schon, wenn sie nicht seine Verlobte spielte, und musste sich von ihm demnächst bei der Arbeit beobachten lassen. Ein wenig verlegen nippte sie an ihrem Sekt.

»Wirst du das Hotel auch für unsere Hochzeit dekorieren?«, fragte er und lachte über seinen Scherz.

»Nein, keine Sorge, das habe ich nicht vor.« Alida fand seinen Spruch nicht witzig und wusste auch nicht, warum er so ungehobelt zu ihr war. Sie hatte ihm schließlich nichts getan. Aber sollte er doch reden. An die Berliner Schnauze hatte sie sich damals auch erst gewöhnen müssen. Wahrscheinlich war das bloß die typische knorrige norddeutsche Art, die Dinge beim Namen zu nennen. Doch bevor sie sich weitere Gedanken über Thomas machen konnte, kam Gesa wieder. Alida blieb noch eine Weile mit ihr an der Bar sitzen, bevor sie sich mit ihrem Auto wieder auf den Weg zurück zum Haubarg machte.

10. Kapitel

»Den Bulli dekorieren wir ganz schick mit Tannenzweigen und ein paar bunten Kugeln.« Alida hatte sich gleich am nächsten Tag mit Feuereifer in die Arbeit gestürzt und verwandelte das Hotel Stück für Stück in einen wahren Weihnachtstraum am Meer. Außerdem hatte sie Kontakt zu ihrer Produktionsfirma aufgenommen und sich Deko-Material aus ihrem Fundus per Express schicken lassen. Sie erklärte Gesa ihre neuesten Ideen und hatte dazu auf einem Tisch in der Lobby ein großes Blatt Papier mit einer Zeichnung ausgebreitet. »Die Tanne befestigen wir als eine Art Girlande über der Windschutzscheibe vom Bus. Und auf dem Dachgepäckträger stellen wir einen urigen Holzschlitten. Darauf stapeln wir bunt verpackte Geschenke und einen leuchtenden Stern.«

»Wunderbar! Du hast so schöne Ideen. Wann möchtest du den Bus dekorieren?«, wollte Gesa wissen.

»Gleich morgen. Ich mache heute noch die Ecke mit dem Sessel in der Lounge fertig und besorge danach die Tannenzweige beim Floristen. Die Christbaumkugeln habe ich schon bestellt. Sie werden morgen per Express geliefert, und einige andere Kleinigkeiten werde ich basteln.«

Nachdem Alida die weiteren Schritte mit Gesa abgestimmt hatte, machte sie sich an die Arbeit in der Lobby. Dabei wurde sie von Thomas von der Bar aus beobachtet, der an dem Tag die Mittagsschicht hatte. Seine prüfenden Blicke versuchte sie jedoch zu ignorieren und vertiefte sich in ihre Arbeit. Vor dem naturfarbenen Sessel breitete sie einen Fake-Fur-Läufer aus. Über die rechte Armlehne drapierte sie eine hellgraue Decke mit Sternchen-Muster und langen Fransen. Den Beistelltisch bestückte sie mit einem kleinen Windlicht, einem silbernen Kerzenständer und einer passenden hellen Kerze, daneben stellte sie einen silbernen Tannenbaum auf und legte dekorative Sterne aus Pappmaschee dazu. An der Wand befestigte sie einen grauen geflochtenen Holzkranz mit einer integrierten Lichterkette. Als sie fertig war, trat sie einen Schritt zurück und holte ihr Handy aus der Tasche. Sie fotografierte ihr Werk mehrmals aus verschiedenen Perspektiven und schaute sich die Fotos danach auf dem Display des Smartphones an.

Plötzlich stand Thomas hinter ihr. Er hatte seine Hände in den Hosentaschen versenkt und schaute auf den Sessel mit der Decke. Sein Blick glitt zum Tisch. »Seit wann sind Tannenbäume eigentlich silbern?« Bevor Alida darauf antworten konnte, ging Thomas wieder zu seinem Arbeitsplatz hinter die Bar und schäumte Milch auf.

Abends saßen Alida und Femke an dem großen Holztisch in der Küche beisammen. Es war schon spät, und die anderen lagen bereits in den Betten. Smudo döste in seinem Körbchen, das vor dem bollernden Ofen lag. Auf der Fensterbank stand der geschmückte Kenkenbuum von Femkes Oma und den Kindern. Lasse hatte dieses Jahr noch zusätzlich zu den traditionellen Salzteigtieren eine Salzteigqualle und einen Krebs gebacken. Wobei nicht eindeutig zu identifizieren war, welches der Tiere die Qualle oder den Krebs darstellte.

»Wie läuft es eigentlich im *Strandhuus*? Thomas hat mir erzählt, dass du dort fleißig dekorierst?«, fragte Femke beiläufig.

»Ganz gut«, antwortete Alida wahrheitsgemäß. »Deswegen möchte ich gerne meinen Aufenthalt verlängern. Ist das Gästezimmer für zehn oder vierzehn weitere Tage zu haben?«

Femke lächelte. »Natürlich, das ist kein Problem. Ich habe dich übrigens gleich erkannt, als du vor unserer Haustür standest.«

»Wieso hast du denn bis jetzt nichts gesagt?«, wollte Alida wissen.

Femke hob die Schultern. »Wahrscheinlich wollte ich nicht, dass du mich für oberflächlich hältst und denkst, ich bin nur nett zu dir, weil du eine bekannte Moderatorin bist. Außerdem hatte ich mitbekommen, dass deine nächste Sendung nicht gezeigt wurde, weil ich deine Dokus nämlich regelmäßig geguckt habe. Ich wollte dich einfach nicht auf die Sendung ansprechen, weil ich mir nicht sicher war, ob du im Moment darüber reden möchtest. Deswegen habe ich es einfach so stehen gelassen und mir gesagt, dass die Sprache vielleicht irgendwann ganz automatisch auf das Thema kommt. So wie jetzt eben.«

Alida lächelte Femke an. »Dann ist es wohl an der Zeit, dass ich mich noch einmal offiziell bei dir vorstelle. Mein Name ist Alida Jacobsen. Ich wohne in Berlin und bin Wohnexpertin und Moderatorin. Zurzeit arbeitslose Moderatorin und Wohnexpertin, die sich mit Hotel-Dekos über Wasser hält.« Alida hielt Femke ihre Hand hin.

Femke lachte und ergriff Alidas ausgestreckte Hand. »Sehr erfreut. Und ich bin ein großer Fan von dir und deiner Sendung und habe die ganze Zeit überlegt, wie ich möglichst unauffällig an ein Autogramm von dir komme, bevor du uns wieder verlässt.«

»Du kannst so viele Autorgramme haben, wie du möchtest. In den letzten Tagen in St. Peter-Ording hat mich übrigens noch jemand erkannt«, sagte Alida und hob die Augenbrauen.

»Vielleicht liegt das daran, dass die Menschen hier den Leuten noch richtig ins Gesicht schauen«, vermutete Femke.

»Damit magst du richtig liegen. In Berlin schauen die Leute die meiste Zeit auf ihre Handys«, bestätige Alida.

»Na, dieser Gefahr sind wir in St. Peter-Ording nicht ausgesetzt.«

»Warum?«, wunderte Alida sich.

»Wieso sollten die Leute auf ihre Handys schauen, wenn sie eh keinen Empfang haben?« Femke zwinkerte ihr zu.

Alida blieb noch bis spät in die Nacht in der warmen Küche sitzen. Sie hatte sich eine Kanne Tee gekocht und genoss die Stille im Haus. Draußen hatte sich der böige Wind zu einem Sturm entwickelt, der nun geräuschvoll um das alte Bauernhaus pfiff, was Alida unglaublich gemütlich fand. Sie hatte sich Femkes Laptop ausgeliehen, um auf ihrem Blog die Arbeit in dem Hotel zu dokumentieren. Der Computer war durch ein langes Kabel mit dem Router im Wohnzimmer verbunden und die Geschwindigkeit des Internets mit der einer Rennschnecke vergleichbar. Alida lud Fotos hoch und schrieb dazu einige Texte. Obwohl es sehr spät war, um nicht zu sagen früh, als sie endlich alle Fotos und Texte online gestellt hatte, kommentierten Leser sofort ihre neuen Beiträge.

Wow! Das sieht klasse aus, kann es kaum abwarten, das Magazin zu kaufen, kommentierte Blixiblix5678 unter einem Foto.

Wir vermissen deine Sendung. Wann geht es endlich weiter? Ohne dich weiß ich gar nicht, wie ich meine Wohnung verschönern kann, schrieb Maisongirl.

Bräuchte dringend eine schnelle Inspiration von der »Wohnexpertin« für einen weihnachtlichen Wintergarten, postete TrinaKa.

Alida erhielt viel Lob und Zuspruch für ihren neuen Blog-Eintrag. Einige schrieben, dass sie sich bereits beim Fernsehsender beschwert hätten, weil Alidas Doku nicht mehr gezeigt wurde. Das war Balsam für ihre Seele und beflügelte sie zugleich, den schönsten Heiligabend am Meer zu zaubern, den es je in St. Peter-Ording gegeben hatte.

Da sie gerade am Computer saß, begann sie spontan, nach alten Fotos aus dem Ort zu googeln. Sie versuchte es mit *Hans* und *St. Peter-Ording*, doch ihre Suchanfrage brachte keinen Erfolg. Heutzutage fand man eigentlich über fast jede Person Informationen im Internet. Spätestens bei Facebook oder in anderen sozialen Medien entdeckte man meist ganz schnell eine Spur. Doch dies traf nicht auf die Generation zu, zu der Oma Nani und Hans gehörten. Alida seufzte, schaltete den Computer aus und schaute zu dem Hundekorb. »Was sagst du denn dazu, Smudo?«, wandte sie sich an den Hund, der sie verschlafen aus seinem Körbchen anschaute und dabei herzhaft gähnte. »Keine Spur von Hans bisher, aber dafür geht es beruflich aufwärts.« Von Thomas lasse ich mich einfach nicht weiter ärgern, dachte sie bei sich, lächelte und klappte dann das Notebook zu.

Am nächsten Tag hatte sich der Sturm wieder verzogen. Die Nacht war kurz gewesen. Trotzdem hielt es Alida nicht länger im Bett aus. Der Tatendrang trieb sie früh aus den Federn. Sie wollte auf keinen Fall das Eintreffen des Paketboten verpassen, der ihr das Deko-Material aus ihrem Fundus liefern würde. Die Sendung wurde zwar auf ihren Namen, aber an die Anschrift von Femkes Familie geliefert. Alida wollte sie jedoch persönlich entgegennehmen und nicht Femke oder gar deren Großmutter bemühen. Außerdem brannte sie darauf, die Bastel- und Deko-Materialien aus dem Kofferraum ihres Autos zu holen, die sie ursprünglich für Frau Brandts Villa gekauft hatte und seitdem durch die Gegend fuhr. Davon konnte sie einiges für die Weihnachtsdeko im *Strandhuus* verwenden. Sie wusch sich, zog sich in Windeseile an und schleppte zunächst alle benötigten Dinge aus ihrem Kofferraum hoch in das Gästezimmer. Dort sortierte sie die Stoffe, das Zubehör, Näh- und Bastelwerkzeuge und einiges an Kleinkram, bevor sie wieder nach unten lief. Sie kam zeitgleich mit dem Paketboten an der blau-weiß gestreiften Tür vom Haubarg an, bevor er klingeln konnte.

»Haben Sie eine Lieferung für Alida Jacobsen?«, fragte sie mit Blick auf die zwei großen Kisten, die der Mann auf seiner Paketkarre übereinandergestapelt hatte.

»Ja, habe ich«, erwiderte er und zeigte auf die beiden Boxen. »Sind die für Sie?«

Alida nickte.

»Dann bekomme ich hier bitte eine Unterschrift.« Er hielt ihr das Signaturgerät und einen Stift entgegen.

Alida quittierte die Annahme. »Danke. Stellen Sie die Kisten ruhig hier vor dem Haus ab.«

Der Paketbote tat wie ihm geheißen und verabschiedete sich.

Oben in ihrem Zimmer öffnete Alida die Boxen und stellte zufrieden fest, dass alles heil geblieben war. Sie schob die Kartons an die Wand neben den Schrank und ging hinüber in den Haubarg. Nach einem kleinen Frühstück wollte sie Strandgut sammeln gehen, das sie später verarbeiten würde.

Eine halbe Stunde später ging Alida zu ihrem Auto und schlug den ihr mittlerweile bekannten Weg Richtung Ortsteil Bad ein. Sie parkte vor der Dünen-Therme und nahm eine große gelbe Einkaufstasche aus ihrem Kofferraum, in die allerhand hineinpasste. Dann lief sie über die Seebrücke bis zum Strand. Den Blick auf den sandigen Boden gerichtet, lief sie südwärts am Meeressaum entlang. Schon nach kurzer Zeit hatte sie alles Mögliche gesammelt. Besonders gut gefiel ihr eine Muschel in Herzform, eine alte Sonnenbrille, an der sich Muscheln angesiedelt hatten, und buntes Strandglas.

»Stopp! Fassen Sie das lieber nicht an!«, sagte plötzlich eine Frauenstimme neben ihr, als sie sich nach einem gelben Stein bückte, um ihn aufzuheben.

Alida hielt in ihrer Bewegung inne und blickte hoch. Neben ihr standen eine Frau mit einem Eimer in der Hand und ein Mann, der eine Taschenlampe hielt.

»Entschuldigung. Wir wollten Sie nicht erschrecken, aber das sieht nach einem Stück Phosphor aus. Getrockneter Phosphor ist gefährlich. Er entzündet sich nämlich leicht und kann schwere Brandwunden verursachen. Sogar erfahrenen Sammlern passiert es immer wieder, dass sie Phosphor mit Bernstein verwechseln.«

Alida richtete sich auf. »Da habe ich ja noch mal Glück gehabt. Danke, dass Sie mich gewarnt haben.« Sie schaute auf den gelblichen Stein, der einen harmlosen Eindruck machte.

»Da nicht für«, antwortete die Frau. »Sind Sie auf der Suche nach Bernstein? Schauen Sie mal, wir haben heute einiges gefunden.« Sie hielt Alida den Eimer entgegen, damit sie einen Blick hineinwerfen konnte. Zahlreiche Steine lagen darin. Einige von ihnen waren honiggelb, andere eher bräunlich und wieder andere hellgelb oder rötlich.

»Wir sind schon seit sieben Uhr unterwegs am Strand. Die besten Chancen, Bernstein zu finden, hat man nämlich in der kalten Jahreszeit, besonders nach Stürmen mit auflandigen Winden«, erklärte sie.

»Daher die Taschenlampe«, kombinierte Alida.

Der Mann nickte. »Genau. Oft versteckt sich Bernstein nämlich im Spülsaum am Strand, zwischen kleinen Steinen, Tang, Holz und in Muschelschalen.«

Alida lauschte interessiert den Erklärungen des Bernsteinsammlers. »Hört sich an, als wären Sie ein Fachmann auf dem Gebiet.«

»Das sind wir auch. Bernstein ist gewissermaßen unser Beruf. Wir sammeln ihn nicht nur, sondern verarbeiten ihn auch weiter.« Die Frau griff in ihre Jackentasche und gab Alida eine Visitenkarte.

»Nordseebernsteinmuseum und Bernsteinladen Jöns«, las Alida laut. »Ich glaube, ich kenne Ihren Laden. Ist er an der Seebrücke?«

»Stimmt genau.«

»Aber ich hatte keine Ahnung, dass es in St. Peter-Ording auch ein Bernsteinmuseum gibt«, merkte Alida verwundert an.

»Schauen Sie doch einfach mal bei uns im Laden vorbei«, lud der Mann sie ein. »Vielleicht suchen Sie ja noch etwas zu Weihnachten? Unser Schmuck ist in Handarbeit gefertigt, und jedes Teil ist ein Unikat.«

»Ja, gern. Das mache ich bestimmt«, antwortete Alida. Sie dachte wieder an Hans und das Foto, das sie allerdings nicht dabeihatte. Vielleicht konnten ihr die Bernsteinsammler weiterhelfen, wenn sie ihnen das Foto zeigte. So groß konnte die Szene in St. Peter-Ording nicht sein. Sie verabschiedete sich von den Sammlern, die ihr, bevor sie ihren Weg in nördlicher Richtung fortsetzen, einen Bernstein schenkten.

Alida hielt den Stein gegen das Sonnenlicht. Er leuchtete warm wie ein Honigbonbon. Die Farbe gefiel ihr, und sie überlegte, ob sie sich daraus vielleicht einen Anhänger für eine Kette fertigen lassen sollte. Ähnlich dem, den ihre Oma damals von Hans bekommen hatte. Die richtigen Ansprechpartner dafür kannte sie ja nun.

Sorgfältig verstaute Alida die Visitenkarten und den Stein in ihrer Jackentasche und wanderte weiter Richtung Süden. Nach einigen Kilometern bog sie auf einen Weg ein, der zum Deich führte. Leichter Schneefall hatte eingesetzt. Ihre Einkaufstasche war mittlerweile mit genügend Strandgut gefüllt, und sie war bis auf die Knochen durchgefroren. Sie zog sich ihre Wollmütze tiefer ins Gesicht und beeilte sich, zum Auto zu kommen. Der Weg führte sie an mit weißen Zäunen eingegrenzten Gärten vorbei. Dahinter befanden sich wunderschöne Häuser, deren Reetdächer von einer weißen glitzernden Schneeschicht überzogen waren. Schließlich endete der Gehweg an einer Straße mit Wohnhäusern. Alida entschied sich, die Straße in nördlicher Richtung entlangzulaufen und dabei Ausschau nach einem Restaurant oder Café zu halten, um sich aufzuwärmen. Plötzlich drang ein wohlriechendes Aroma an ihre Nase. Sie folgte dem Geruch und stand kurz darauf vor einem roten Backsteinhaus. Über dem Eingang war ein weißes Schild mit schwarzer Schrift angebracht. *Martinas Teeladen*. Vor dem Laden stand eine Tafel, auf der darauf hingewiesen wurde, dass es nicht nur Tee im Laden zu kaufen gab, sondern man ihn dort auch trinken konnte. Kein Wunder, dass es hier so gut duftete. Eine leckere Tasse Tee wäre bei dem Wetter genau das Richtige.

Voller Vorfreunde drückte Alida die Eingangstür auf, und das leise Klingeln von Glöckchen erklang. Würziger Duft umfing sie. An den Wänden befanden sich Regale, in denen große Blechboxen mit verschiedenen Teesorten standen, und in einer Ecke entdeckte Alida ein Bücherregal, in dem *Teeschmöker, unsere Empfehlungen für Sie* angeboten wurden. Ein leises Klirren von Windspielen lag in der Luft und vermischte sich mit einem Vanille-Aroma, das Alida an süße Kipferl erinnerte. Hinter der Theke füllte eine zierliche Frau Tee in Päckchen ab, die sie auf einer Waage abwog.

»Moin!« Sie unterbrach ihre Arbeit. »Kann ich Ihnen helfen?«

»Guten Tag. Ich habe draußen gelesen, dass man hier eine Tasse Tee bekommt?«

»Ja, schauen Sie sich ruhig um. In den Regalen finden Sie die verschiedensten Teesorten. Da ist für jeden Geschmack was dabei.« Sie widmete sich wieder dem Abfüllen des Tees, sah dann aber noch einmal hoch.

»Wir haben einen Tee, den es nur in St. Peter-Ording gibt, die *St. Peter Winterbrise*, eine spezielle Geheimmischung mit Vanille und Anis.«

»Das klingt interessant, die nehme ich«, entschied sich Alida.

»Sehr gerne. Einen Augenblick.« Die Verkäuferin verschwand in einem Hinterraum.

Alida legte ihre Mütze ab und zog die Jacke aus. Sie machte es sich auf einem der zwei Sofas in der Tee-Ecke bequem, die zusammen mit einem Sessel um einen niedrigen Tisch herumstanden.

Die Frau kam kurz darauf mit einem Tablett zurück, auf dem eine Tasse Tee dampfte. Sie stellte den Tee und eine Porzellandose mit Kluntjes auf den Tisch.

Alida roch an dem Getränk, dann nippte sie vorsichtig. »Lecker! Davon muss ich mir unbedingt nachher ein Päckchen mitnehmen.«

Sie stellte die Teetasse ab und ging zu einem Bücherregal, neben dem mit Kreide auf einer Tafel *Teeschmöker* stand. Sie legte den Kopf schief, um die Buchtitel besser lesen zu können. Dann zog sie einige Bücher heraus und blätterte darin herum.

»Ich glaube, ich habe etwas Passendes gefunden.«

Die Ladenbesitzerin trat zu ihr. »*Weihnachten im nordischen Stil. Deko- und Geschenkideen zum Selbermachen* und *Bernstein suchen und finden*. Eine gute Wahl.«

»Gibt es eigentlich viele Bernsteinsammler in St. Peter-Ording?«, wollte Alida wissen.

»Einige schon. Früher waren es mehr. Viele Einheimische haben Bernstein gesammelt, um ihn zu verkaufen. Heute verschlägt es meistens Touristen zum Suchen an den Strand.«

»Aha. Das ist interessant. Sind denn von den alten einheimischen Sammlern heute noch welche unterwegs?«

»Ein paar bestimmt, aber so genau weiß ich das nicht. Gehen Sie doch mal zu Jöns' an der Strandpromenade. Dort weiß man bestimmt mehr.«

Alida fühlte sich in ihrem Plan bekräftigt, als sie später mit einer Packung *St. Peter Winterbrise* und den neuen Büchern in ihren Händen den Teeladen verließ. Wohlig aufgewärmt lief sie in Richtung St. Peter-Ording Bad zu ihrem Auto und hing ihren Gedanken nach. Vielleicht stand sie doch kurz davor, Hans endlich auf die Spur zu kommen. Allerdings musste sie an dem Tag noch viel für das Fotoshooting im *Strandhuus* vorbereiten. Ihre Strand-

Schätze wollten verarbeitet werden. Außerdem hatte sie eines der Bücher noch auf eine andere Idee gebracht. Manchmal kommen einem die besten Gedanken, wenn man nicht krampfhaft nach einer Lösung sucht, dachte sie und lächelte.

11. Kapitel

»Na, super! Da hat Frau Holle über Nacht aber sämtliche ihrer Kissen ausgeschüttelt.« Alida stand knöchelhoch im Schnee, die Hände in die Hüften gestemmt, und blickte den bereits geräumten Weg vom Haubarg zur Straße hinunter.

Femke stützte sich neben ihr auf dem Schneeschieber ab und blinzelte in den Himmel. »Und es rieselt schon wieder leise vor sich hin. Da kommt noch einiges an weißer Pracht hinzu.«

»Ich werde gleich im Baumarkt Ausschau nach Schneeketten halten«, scherzte Alida.

»Huch, was willst du denn im Baumarkt?«

»Ich habe gesehen, dass dort Hörnerschlitten im Angebot sind, die interessieren mich. Die Schlitten sehen richtig schön nostalgisch aus und passen super zu der Deko für den Bulli vom Hotel.« Alida hielt ihr den Prospekt des Baumarkts hin.

»Stimmt, die sehen gut aus. Dann mal viel Spaß beim Schlittenkauf.«

»Danke.« Alida verabschiedete sich von Femke und

ging über das Grundstück Richtung Straße. Wie zu erwarten, war ihr Auto komplett eingeschneit. Bevor sie sich den Schlitten widmen konnte, musste sie erst einmal den Mini vom Schnee befreien und die Scheiben freikratzen. Sie machte sich an die Arbeit. Es dauerte länger, als sie gedacht hatte. Nachdem sie den nassen Handfeger zusammen mit dem Eiskratzer wieder in einer Tüte im Kofferraum verstaut hatte, stieg sie in ihren Wagen. Alida trat auf die Kupplung und drehte dabei den Zündschlüssel im Schloss. Der Anlasser röhrte unüberhörbar, doch der Motor sprang nicht an.

»Mist! Das darf doch nicht wahr sein«, fluchte sie leise vor sich hin. Nach dem dritten erfolglosen Versuch schlug sie schließlich genervt mit der flachen Hand auf das Lenkrad. Eine letzte Chance wollte sie ihrem Mini noch geben, aber der Motor kam wieder nicht in die Gänge. Sie legte ihren Kopf gegen die Stütze des Fahrersitzes. Einen Moment haderte sie mit ihrem Schicksal, stieg dann aus und lief zurück zu dem alten Bauernhaus.

Femke hatte in der Zwischenzeit den Weg zum Nachbargebäude freigeschaufelt.

»Das ging aber schnell«, rief sie Alida entgegen.

»Ich fürchte, ich brauche deine Hilfe. Mein Wagen springt nicht an. Die eisigen Temperaturen scheinen ihm den Rest gegeben zu haben«, erklärte Alida.

»Ich kann dich fahren, kein Problem«, bot Femke an.

»Würdest du das machen? Das wäre wirklich toll.«

»Natürlich. Bin gerade hier fertig geworden. Die Kinder sind in der Schule, und ich habe sonst keine wichtigen Termine. Außerdem kann Smudo etwas Bewegung vertragen. Gib mir fünf Minuten.« Sie lehnte den Schneeschieber an die rot-braune Backsteinwand des Hauses.

Bald darauf saßen sie in Femkes Kombi. Der Hund hatte sich auf einer Decke im Kofferraum ausgestreckt. Trotz Winterreifen gestaltete sich die Fahrt als Rutschpartie, nur äußerst langsam kamen sie auf den zugeschneiten Straßen vorwärts.

Schließlich lenkte Femke den Wagen endlich auf den Parkplatz des Baumarkts.

»Puh! Geschafft! So viel Schnee hatten wir noch nie in St. Peter-Ording! Jedenfalls nicht, solange ich denken kann.«

Sie stiegen aus, betraten den Baumarkt, wurden aber leider nicht fündig. Die Schlitten waren bereits alle ausverkauft. Alida war enttäuscht. Sie brauchte dringend einen hübschen, nostalgischen Schlitten.

Femke merkte Alida ihre Enttäuschung an und versuchte, sie auf andere Gedanken zu bringen.

»Weißt du, was? Lass uns einen kleinen Deichspaziergang machen. Smudo muss dringend Gassi gehen, und vielleicht fällt uns dabei eine andere Lösung ein. Manchmal muss einem der Nordseewind nur kräftig genug um die Ohren blasen, damit man gute Ideen hat.«

Femke hob am Rande des Weges einen Ast auf und schleuderte ihn mit einer ausholenden Bewegung weit von sich. Smudo flitzte blitzschnell über den schneebedeckten Deich hinterher und brachte ihn seinem Frauchen zurück.

»Heute ist nicht mein Tag«, sagte Alida, die neben Femke über den Damm schlenderte.

»Ach was, lass dich nicht unterkriegen. Genieße lieber die Salzwiesenlandschaft. Ist der Ausblick von hier oben nicht wunderschön?« Femke blieb stehen und breitete die Arme aus.

»Ja, da hast du recht«, stimmte Alida ihr zu. Ihre Augen gingen auf Wanderschaft über die schneebedeckte Weite, die sich bis zum Horizont zu erstrecken schien. Dabei schaute sie rechts den Deich entlang, und ihr Blick blieb an einem Punkt hängen, der ein gutes Stück von ihr entfernt war.

»Sag mal, Femke, ist das da vorne … ach was, kann ja gar nicht sein.«

»Was denn?« Femke schaute in die Richtung, in die Alida sah.

»Ich dachte, da hinten wäre ein Leuchtturm. Aber das ist ja Blödsinn. Der würde doch nicht auf einem Deich stehen.«

»Das ist kein Blödsinn, denn da hinten steht tatsächlich ein Leuchtturm. Das da vorne ist der Böhler Leuchtturm.« Femke hob den Ast auf, den Smudo ihr wieder vor die Füße gelegt hatte. »Lass uns dort hingehen. Dann kannst du dich davon überzeugen, dass der Leuchtturm tatsächlich mitten auf dem Deich steht.« Femke warf das Stöckchen dem Leuchtturm entgegen, und der Hund raste begeistert hinterher.

Sie folgten der Flugrichtung des Astes und standen bald vor dem rotbraunen Ziegelturm.

Alida legte ihren Kopf in den Nacken und blickte zur Turmspitze empor. »Der ist so hübsch, den muss ich für meinen Blog fotografieren«, sagte Alida und zog ihr Handy aus der Tasche. »Kannst du mir mehr darüber erzählen?«

»Ja, na klar. Der Leuchtturm ist ziemlich alt, gewissermaßen antik. 1892 wurde er erbaut, aber erst 1914 bekam er eine Laterne und wurde zu einem richtigen Leuchtturm.«

»Ich würde gerne mal von da oben aus die Aussicht genießen«, sagte Alida, während sie weitere Fotos von dem Turm machte. »Ist das möglich?«

»Leider nein. Besichtigungen werden nicht angeboten. Selbst ich war noch nie da oben. Dabei wollte ich als kleines Mädchen unbedingt dort hinauf. Mein verstorbener Opa ist mit uns Kindern früher immer hier spazieren gegangen, und wir ...« Femke blieb abrupt stehen und schlug sich mit einer Hand auf den Oberschenkel. »Mensch! Natürlich! Dass ich da nicht eher drauf gekommen bin!«

Alida drehte sich zu ihr. »Worauf?«

Femke schleuderte den Ast wieder weit in die Luft. »Ich weiß jetzt, wo wir einen Schlitten für dich herbekommen.«

»Ja?« Alida steckte das Handy zurück in ihre Tasche.

»Von Thomas.«

»Wieso denn von Thomas?«, fragte Alida verständnislos.

Femke machte eine ausholende Handbewegung. »Mein Opa hat ihm mal einen gebaut und zu Weihnachten geschenkt, als er ein kleiner Junge war. Einen Hörnerschlitten, so einen, wie du suchst. Thomas wollte nämlich immer Schlitten fahren, und weil es hier so selten schneit, hat ihm mein Opa wenigstens für den Fall der Fälle einen gezimmert«, erklärte Femke. »Am besten wir fahren gleich vorbei.«

»Meinst du? Das wäre natürlich die Rettung.« In Alida regte sich ein Hoffnungsschimmer. Zwar konnte sie sich nicht vorstellen, dass ausgerechnet Thomas einen alten Schlitten von seinem Großvater in Ehren hielt, weil er in ihren Augen nicht der typisch nostalgische Typ für so etwas war. Trotzdem wollte sie keine Chance ungenutzt lassen, selbst wenn ihr die Aussicht auf Erfolg in diesem Fall relativ gering erschien.

Femke schaute auf ihre Armbanduhr. »Wir müssen uns aber beeilen, damit wir es noch rechtzeitig schaffen. Leni und Lasse haben in einer Dreiviertelstunde Schulschluss.«

Femke parkte den Kombi vor Thomas' Haus. Erst nach dem zweiten Klingeln ertönte das Summen des Türöffners. Schwungvoll drückte Femke die weiße Tür auf, und Alida folgte ihr durch den Flur in die erste Etage. Femke klopfte. Die Tür ging auf, und Thomas stand bloß mit Boxershorts bekleidet vor ihnen und rieb sich müde die Augen.

»Das ist ein Überfall«, begrüßte Femke ihren Bruder, gab ihm ein Küsschen auf die Wange und ließ ihn gar nicht erst zu Wort kommen.

»Hi«, sagte Alida leise und wusste nicht recht, wohin sie schauen sollte, denn Thomas war verdammt gut in Form. Sein durchtrainierter Oberkörper bestand auf den ersten Blick bloß aus Muskeln. Da war kein Gramm Fett zu viel. Die Tätowierungen auf seinen Armen fanden auf seiner Brust ihre Fortsetzung. Dieser Anblick machte sie etwas nervös. Unter keinen Umständen wollte sie sich vor ihm anmerken lassen, dass sie das dachte, was sie dachte, nämlich, dass er verdammt sexy war und es durchaus unattraktivere Schein-Verlobte gab als ihn.

»Was macht ihr denn hier?«, fragte er und verbarg ein Gähnen hinter vorgehaltener Hand.

»Wir brauchen Opas Schlitten. Sofort«, kam Femke gleich zur Sache. »Ist ein Notfall.«

»Opas Schlitten?« Thomas stutzte zunächst und schüttelte dann grinsend den Kopf. »Ihr wollt damit doch nicht etwa die Dünen in Ording runterfahren?«

»Quatsch! Wir brauchen Opas Schlitten für die Deko vom Bulli. Und jetzt beeile dich mal ein bisschen. Ich muss gleich die Zwillinge von der Schule abholen.«

»Schon gut, Frau Oberkommandeurin.« Thomas hob ergeben die Hände. »Aber was anziehen darf ich mir noch?«

»Ja. Aber beeile dich. Wo ist denn der Schlitten?«, fragte Femke ungeduldig.

»Muss irgendwo im Keller sein.«

»Dann gehen wir schon mal runter. Bis gleich«, sagte sie mit Nachdruck.

Das schien zu wirken. Keine fünf Minuten später erschien Thomas im Keller. Vollkommen bekleidet, wie Alida erleichtert und gleichzeitig ein bisschen enttäuscht feststellte.

»Ich wusste, dass du ihn noch hast«, stellte Femke zufrieden fest, als sie eine Plane zur Seite schlug und den Blick auf einen hölzernen Hörnerschlitten freigab.

»Das ist wirklich total nett, dass du ihn mir für das

Fotoshooting leihst«, sagte Alida. Sie hatte das Gefühl, auch etwas sagen zu müssen, weil eigentlich sie es war, die den Schlitten ausborgen wollte.

»Na ja, habe ich eine Wahl?«, fragte Thomas. »Und auch nur unter der Bedingung, dass ich ihn, so wie er ist, wiederbekomme.«

»Jetzt sei mal nicht so unhöflich!«, sagte Femke energisch.

Alida beeilte sich, ihm zu versichern, dass der Schlitten bei ihr in den besten Händen war. »Ich achte darauf, dass er keinen einzigen Kratzer abbekommt. Versprochen!« Sie merkte, wie sehr Thomas an dem Andenken seines Großvaters hing, was sie irgendwie sympathisch fand. Diesen Charakterzug mochte sie an ihm.

»Also gut. Ich werde später von der Bar aus auch ein Auge auf den Schlitten haben«, gab er sich betont streng, als er das gute Stück in den Kofferraum von Femkes Kombi hievte.

»Danke und ruhig Blut, kleiner Bruder. Es wird schon nichts passieren.« Femke küsste ihn auf die Wange. »Wir müssen los, tschüss.«

Alida hob grüßend die Hand.

Als Alida wieder neben Femke im Auto saß, schaute sie in den Seitenspiegel. Thomas stand auf dem Bürgersteig, seine Hände in den Taschen, und blickte ihnen nach, bis sie um eine Kurve verschwanden.

»Das war wirklich nett von ihm.«

»Thomas ist auch nett, er zeigt es nur nicht immer. Hilfsbereit ist er übrigens auch, wenngleich man ihn manchmal dazu zwingen muss«, schmunzelte Femke. »Davon kann ich als große Schwester ein Lied singen.«

»Apropos Hilfe. Ich möchte dich etwas fragen. Mir ist gestern eine Idee gekommen, bei der ich dich um deine Meinung bitten wollte.«

Femke wandte den Blick kurz von der Fahrbahn ab und schaute zu Alida. »Ja, gerne. Was denn für eine Idee?«

»Ich habe gestern am Strand die Bernsteinsammler Jöns getroffen. Sie haben mir erzählt, dass sie handgearbeiteten Schmuck herstellen. Danach war ich auf eine Tasse Tee in Martinas Teeladen, und dort habe ich ein Do-it-yourself-Weihnachtsdeko-Buch gekauft. Das Buch hat mich schließlich auf die Idee gebracht, selbst Deko-Artikel herzustellen und zum Beispiel in einem Online-Shop anzubieten. In Handarbeit und alles Unikate. Eine Art zweites Standbein. Was hältst du davon?«

»Wow! Das klingt wirklich toll!«, sagte Femke begeistert. »Ja, ich denke, dass das vielleicht eine gute Idee wäre … Das könntest du dann exklusiv anbieten, als eigene Marke.«

Alida nickte zufrieden. »Jedes Stück ein Unikat. Schmuck von Alida Jacobsen.« Das konnte wirklich funktionieren, wenn sie es professionell anging. Warum auch nicht? Viele Prominente hatten ihre eigene Mode-Linie, Kosmetik-Serie oder Schmuck-Kollektion. Eigens kreierte Deko-Artikel hatte jedoch niemand, zumindest fiel ihr spontan niemand ein. In Alidas Kopf nahm die Idee langsam Gestalt an.

»Auf die Bar muss noch mehr Licht gerichtet werden, sonst kommt der geschmückte Baum daneben nicht richtig zur Geltung«, wies der Fotograf seine Assistenten an. Zwei junge Typen, die ganz in Schwarz gekleidet waren, brachten daraufhin zwei Studioleuchten neu in Position.

»Besser so, Chef?«, fragte der eine.

»Viel besser, Flo. Danke!« Der Fotograf drückte wieder auf den Auslöser seiner Kamera.

Alida und Gesa beobachteten zusammen mit einer freien Journalistin des Magazins die Arbeit des Foto-Teams im Hintergrund. In einiger Entfernung zur Bar stand Thomas mit einem zweiten Barkeeper. Er hatte die Arme vor seinem Körper verschränkt und blickte eher skeptisch als interessiert auf das Szenario. Das Kamerateam hatte ihn und seinen Kollegen kurzerhand von ihrem Arbeitsplatz verscheucht, weil sie keine Barkeeper auf den Fotos haben wollten, die den Leser von der Deko ablenkten.

»Das wird bestimmt hervorragend in unserem Magazin zur Geltung kommen«, sagte die Journalistin zu Alida und Gesa.

Zum Schluss des Fotoshootings wurden Alida und Gesa vor dem geschmückten Bulli mit dem Schlitten von Thomas' Großvater auf dem Dach und danach auf der Treppe, die zur Veranda vom *Strandhuus* führten, abgelichtet.

»Können Sie noch die Kerzen in den Windlichtern auf der Treppe und der Veranda anzünden? Und gerne auch die Sternaußenleuchten anknipsen? Es ist schon dämmerig, und so kriegen wir eine tolle Atmosphäre aufs Bild«, sagte der Fotograf.

Bevor das Foto-Team und die Journalistin aufbrachen, präsentierten sie Alida und Gesa im Schnelldurchgang die Fotos: das Weihnachts-Loft, die geschmückten Weihnachtsbäume an der Bar und vor dem Kamin, mit darunter drapierten Geschenken, die auf einem kuscheligen Kunstfellteppich lagen, ein Holzsurfbrett, das an der Außenfassade vom *Strandhuus* lehnte, davor ein geflochtener beiger Holzkorb, der stimmungsvoll mit einer Laterne, geflochtenen Kränzen und Windlichtern in verschiedenen Größen geschmückt war, und den selbst gemachten Adventskranz mit Stumpenkerzen, Alidas DIY-Glitzersternen, Perlenketten und einem Mix aus Silber- und Naturschmuck.

»Na, wenn das mal kein erfolgreiches Shooting war«, sagte Gesa zu Alida, die neben ihr auf der Veranda stand.

»Ich glaube auch«, freute sich Alida.

Sie winkten dem Magazin-Team zum Abschied nach, das in einem SUV vom Hotelparkplatz rollte und sich auf den Rückweg nach Hamburg machte.

»Meinst du, ich könnte deine Dienste wieder in Anspruch nehmen, wenn weitere Deko-Arbeiten im Hotel anstehen?«, fragte Gesa sie, als der Wagen des Teams verschwunden war.

»Liebend gerne«, sagte Alida begeistert. »Der Job hat mir viel Spaß gemacht.« Sie freute sich über die Anerkennung ihrer Arbeit. Sie konnte ja aus Berlin kommen, wenn es wieder etwas zu tun gab.

»Wunderbar. Wollen wir auf den erfolgreichen Tag anstoßen?«, fragte Gesa fröstelnd.

»Gern! Ich komme gleich nach. Erst möchte ich den Schlitten vom Dach des Bullis holen. Ich habe ihn von Thomas geliehen und ihm versprochen, dass er ihn gleich nach dem Shooting wiederbekommt.«

»Gut, ich warte an der Bar auf dich.« Gesa rieb ihre Handflächen gegeneinander und drückte die Eingangstür des Hotels auf.

Alida ging zu dem Bulli, der neben dem Parkplatz am Straßenrand stand. Sie nahm eine Klappleiter, die auf einem Teil der Veranda gelegen hatte, der nicht fotografiert worden war, und stellte sie neben den Bus. Dann kletterte sie die Stufen hinauf. Als sie oben angelangt war, verharrte sie einen Moment und schaute über den Deich aufs Meer.

Wie schön es hier in St. Peter-Ording ist, dachte sie. Ein kleines Paradies an der Nordseeküste, wo alles bloß halb so schlimm war und es für jedes Problem eine Lösung zu geben schien. Sie musste Hans finden. Vor lauter Dekoarbeiten war sie mit ihrer Suche nicht viel weitergekommen. Sie kannte zwar seinen Namen, aber mehr hatte sie bis jetzt nicht herausgefunden. Das musste sich ändern. Der Besuch bei Jöns war das Nächste, was sie in Angriff nehmen wollte.

Alida griff nach dem Hörnerschlitten auf dem Dach des Bullis und holte ihn behutsam herunter. Sie inspizierte ihn genau, fand aber keine Macken. Dann trug sie ihn zur Bar und stellte ihn vor Thomas auf den Boden.

»Vielen Dank noch mal fürs Ausleihen, Thomas. Damit hast du mir wirklich sehr geholfen.«

»Bedanke dich lieber bei meiner großen Schwester«, entgegnete Thomas und hob den Schlitten prüfend hoch.

»Hab ich schon«, erwiderte Alida und ärgerte sich im Stillen ein wenig über ihn. Wieso konnte er nicht ein bisschen netter sein?

»Das *Strandhuus* hat zur Weihnachtszeit noch nie so schön ausgesehen«, meinte Gesa zufrieden, die sich zu ihnen gesellt hatte, und brachte eine grüne Kugel an dem Weihnachtsbaum in die richtige Position. »Das ist alles dein Werk, Alida. Darauf kannst du wirklich stolz sein.«

»Schön, dass es dir gefällt. Das freut mich.«

»Also, ich bin froh, wenn der ganze Weihnachtsspuk wieder vorbei ist«, ließ Thomas leise verlauten, während er einen Cocktail mixte.

Gesa drehte sich zu ihm. »Warum seid ihr Männer eigentlich alle solche Feiertagsmuffel?«, fragte sie und lachte.

»Weil wir nun mal den Blick fürs Wesentliche haben und nicht vor lauter Dekoration den Überblick verlieren wollen«, meinte Thomas, stellte den Shaker auf die Theke und musste selbst ein bisschen grinsen.

»In deiner Wohnung befindet sich wahrscheinlich keine einzige Weihnachtskugel«, vermutete Gesa.

»Natürlich nicht.« Thomas goss den Cocktail in ein hohes Glas, verzierte ihn mit Früchten, steckte einen Strohhalm in das Getränk und servierte es dem Gast.

Alida hatte sich bewusst einen Kommentar verkniffen. Sie hatte natürlich sofort verstanden, dass Thomas' Aussage nicht nur auf das Weihnachtsfest bezogen war.

»So, ich muss langsam wieder los. Der Blog-Eintrag über unser Heiligabend-am-Meer-Shooting muss noch geschrieben werden. Könntest du mir ein Taxi rufen?«

»Ja, sicher. Bist du nicht mit dem Auto hier?«, wunderte sich Gesa.

»Nein. Thomas' Schwester hat mich vorhin vor dem Hotel abgesetzt. Mein Wagen hat den Geist aufgegeben, ist einfach nicht mehr angesprungen.«

Thomas polierte indessen Gläser, warf Alida aber einen kurzen Blick zu, der ihr signalisierte, dass er das Gespräch zwischen ihr und Gesa mitgehört hatte.

»Wie ärgerlich. Steffen, kommst du mal?«, rief Gesa einem jungen Typen zu, der neben Hannah an der Rezeption saß. »Sei doch so gut und fahre Alida eben mit dem Wagen vom Hotel nach Hause. Du weißt ja, wo der Schlüssel liegt.«

»Kein Problem.« Steffen ging, um den Autoschlüssel zu holen.

»Das ist wirklich nett. Danke.«

»Ist doch selbstverständlich. Ich danke dir für deine tolle Hilfe und wünsche dir erst mal einen wohlverdienten Feierabend.«

Auf dem Heimweg lief ausgerechnet *das* Weihnachtslied schlechthin im Autoradio.

»Oh, toll! *Last Christmas* von Wham. Stört es dich, wenn ich das Radio etwas lauter drehe? Ich liebe diesen Song!«, sagte Steffen mit glänzenden Augen und drehte, als er keinen Widerspruch von Alida hörte, die Lautstärke höher. Er klopfte fröhlich den Takt mit einer Hand auf das Lenkrad. Offensichtlich war er kein Weihnachtsmuffel. Im Gegensatz zu Thomas, überlegte Alida. Wobei sie seine Haltung sogar ein bisschen verstehen konnte. Sie fragte sich, wie dieses Weihnachten werden würde. Schließlich würde es das erste Weihnachten ohne ihre Großmutter sein. Ob da überhaupt Festtagsstimmung aufkam? Wahrscheinlich nicht. Wieder dachte Alida an ihre Mission. Sie wollte Hans finden und ihm diesen Brief geben. Jetzt, da der Deko-Job beendet war und sie wieder mehr Zeit hatte, würde sie sich darum kümmern. Das nahm sie sich fest vor.

12. Kapitel

Das erfolgreiche Fotoshooting im *Strandhuus* hatte Alida Auftrieb gegeben. Am nächsten Morgen erwachte sie voller Energie und Tatendrang. Sie schwang ihre Beine aus dem Bett und beeilte sich, ins Bad zu kommen. Nachdem sie geduscht und sich angezogen hatte, steckte sie das Foto von ihrer Oma und Hans in ein Seitenfach ihrer Umhängetasche. Sie wollte keine Zeit verlieren und verzichtete auf ein ausgiebiges Frühstück bei Femke.

Alidas Ziel war der Bernsteinladen *Jöns* an der Strandpromenade. Sie erhoffte sich von ihrem Besuch endlich einen Hinweis auf Hans. Da ihr Auto nicht funktionierte, blieb ihr nichts anderes übrig, als zu Fuß zu gehen. Strammen Schrittes lief sie ins Zentrum des Ortsteils Bad. Von dem zügigen Marsch bekam sie Hunger und entdeckte schräg gegenüber der Buchhandlung ein Café, in dem sie frühstücken wollte. Sie genehmigte sich einen Kaffee und ein belegtes Brötchen und machte eine kurze Verschnaufpause. Als sie wieder nach draußen trat, empfing sie ein ungemütlicher Nieselregen. Alida schaute hoch zum grauen Himmel und zog die Nase kraus. Obwohl es nach elf war, herrschte bloß dämmriges Tageslicht. Sie setzte sich die Kapuze ihrer Jacke auf. Es war nicht weit bis zum Laden von Jöns. Zügig überquerte sie die Straße und lief am Kurbad vorbei geradewegs auf das rote Holzhaus mit der weißen Aufschrift *Boy Jöns Nordseebernstein* zu. Alida blieb vor der Hütte stehen und warf einen Blick auf die Schmuckauslagen in den erleuchteten Fenstern, in denen Ohrringe, Ketten, Ringe und Armbänder aus Bernstein und sogar Bernsteinketten für Hunde angeboten wurden.

»Moin!«, begrüßte eine Frau Alida, die neben der Kasse stand und einen grobgestrickten Rollkragenpullover trug. »Was kann ich für Sie tun?«

»Guten Morgen. Eigentlich habe ich bloß eine Frage.« Alida ließ ihren Blick durch den Laden schweifen, aber offensichtlich war das Ehepaar Jöns nicht da.

»Ich bin auf der Suche nach jemandem, der früher Bernstein in St. Peter-Ording gesammelt hat, und wollte deswegen Herrn oder Frau Jöns fragen, ob sie mir vielleicht weiterhelfen können.«

»So?«, fragte die Frau erstaunt. »Herr und Frau Jöns sind leider heute nicht im Laden.«

»Ach, wie schade.«

»Aber vielleicht kann ich Ihnen helfen. Ich kenne viele Bernsteinsammler«, bot die Frau an.

»Danke. Ich suche nach einem Mann, der hier zumindest nach dem Krieg Bernstein gesammelt hat, vielleicht auch sein ganzes Leben lang, aber das weiß ich nicht. Sein Name ist Hans, und er müsste ungefähr Ende achtzig oder Anfang neunzig Jahre alt sein.« Alida öffnete ihre Tasche. »Dieses Foto wurde 1949 in St. Peter-Ording aufgenommen. Ich habe etwas, das ich ihm gerne geben würde.« Sie legte das Foto auf den Tresen.

»Einen Moment, bitte.« Die Frau setzte sich eine Brille auf, um die Fotografie besser betrachten zu können. »Ich kann es nicht mit Sicherheit sagen, aber der Mann auf dem Foto könnte Hans Storm sein, der Vater von einer Bekannten von mir. Vom Aussehen her könnte es passen, aber wie gesagt, sicher bin ich mir nicht. Das Foto ist ja schon sehr alt.« Sie hielt es in das Licht der Deckenlampe und kniff die Augen zusammen. »Er war jedenfalls viele Jahre in St. Peter-Ording als Bernsteinsucher unterwegs.«

»War? Ist er etwa schon gestorben?« Alida musste schlucken. Sie befürchtete das Schlimmste.

»Nein, nein, er lebt noch. Aber er ist natürlich mittlerweile viel zu alt, um noch auf die Suche nach Bernstein zu gehen.« Die Frau gab Alida das Foto zurück. »Er lebt seit letztem Jahr in einem Seniorenstift in Garding.«

Alida war erleichtert und steckte das Foto zurück in die Tasche. »Meinen Sie, ich könnte ihn kurz besuchen?«

»Warum nicht?«, antwortete die Verkäuferin.

»Würden Sie mir vielleicht die Adresse geben?«, bat Alida.

Die Frau recherchierte die genaue Adresse im Internet und schrieb sie auf ein Blatt Papier, das sie Alida über den Tresen reichte.

»Vielen Dank. Sie haben mir wirklich sehr geholfen«, bedankte sich Alida und verließ kurz darauf den Laden. Endlich hatte sie eine Spur, die womöglich zu Hans führte.

Vor dem Laden blickte Alida auf die Zeitanzeige ihres Handys. Da es noch nicht Zeit zum Mittagessen war, beschloss sie, sich gleich auf den Weg nach Garding zu machen. Vorher musste sie allerdings zurück zum Haubarg, um die Briefe und die Kette mit dem Bernsteinanhänger zu holen. Sie wollte jetzt keine Zeit mehr verlieren.

Zwei Stunden später saß sie in dem fast leeren Zug, der im gemächlichen Tempo über die Schienen glitt und an so winzigen Örtchen wie Sandwehle hielt, bei denen Alida sich fragte, ob die Anzahl der Einwohner wohl in einen Wagon passen würde. Wahrscheinlich schon. Alida mochte das entschleunigte Dorfleben und die Überschaubarkeit sehr und merkte, wie sie sich an den Lebensrhythmus anpasste. In Berlin war sie viel angespannter, weil sie ständig etwas im Kopf hatte. Hier, in diesem langsamen Zug, blieb ihr gar nichts anderes übrig, als innezuhalten.

Ein paar Minuten später hielt der Zug in Garding, und sie stieg aus.

Das Seniorenstift war bloß drei Straßen vom Bahnhof entfernt wie vermutlich alles in der überschaubaren Ortschaft. Von außen glich das Stift eher einer modernen Ferienanlage mit einem vorgelagerten parkähnlichen Garten als einem typischen Pflegeheim. Am Empfang telefonierte eine Frau, die ihr mit einer Handbewegung bedeutete, sie möge einen Moment Geduld haben. Alida schaute sich in der Zwischenzeit um. Die Einrichtung des Empfangsbereichs war hell und freundlich. Pflanzenkübel mit Palmen und das leise Plätschern eines künstlichen Springbrunnens neben einer Bank sorgten für ein angenehmes Ambiente. Nach hinten raus erstreckte sich ein Wintergarten, der über eine große Voliere verfügte, in der Wellensittiche flatterten. Davor befand sich eine gemütliche Sofaecke, und an der Wand stand ein Regal mit Büchern. Zwei alte Damen saßen auf einer Couch und musterten Alida neugierig. Sie nickte ihnen grüßend zu.

Die Frau am Empfang beendete das Telefonat. »Guten Tag. Tut mir leid, dass Sie warten mussten. Aber jetzt bin ich für Sie da.« Sie lächelte Alida entschuldigend an.

»Guten Tag. Kein Problem.«

»Womit kann ich Ihnen helfen?«, fragte die Frau.

»Mein Name ist Alida Jacobsen, und ich möchte gerne Hans Storm besuchen, wenn das geht«, tastete sich Alida vorsichtig vor.

»Grundsätzlich schon. Sind Sie denn mit ihm verwandt oder bekannt?«, erkundigte sich die Empfangsdame.

»Nein. Weder noch«, antwortete Alida wahrheitsgemäß. »Herr Storm war mit meiner Großmutter befreundet. Sie hat kurz vor ihrem Tod einen Brief an ihn geschrieben, ihn aber nicht mehr abgeschickt. Deswegen bin ich hergekommen, um ihm persönlich den Brief zu geben«, erklärte Alida.

»Verstehe. Normalerweise bekommen unsere Bewohner nur Besuch von Verwandten oder Bekannten, doch in Ihrem Fall würde ich eine Ausnahme machen.«

»Das ist wirklich sehr nett von Ihnen. Vielen Dank.«

»Gerade werden in der Cafeteria Kaffee und Kuchen serviert. Gehen Sie dort vorne die Treppe hoch, dann halten Sie sich links und laufen den Flur entlang. Am Ende befindet sich die Cafeteria. Dort müsste er sein. Ich gebe eben meiner Kollegin Bescheid und kündige Ihr Kommen an.«

»Danke.«

Alida folgte den Anweisungen der Frau und ging die Treppen hinauf. In der Cafeteria herrschte geschäftiges Treiben. Sie stand unschlüssig im Türrahmen, als eine Pflegerin kam und sie ansprach.

»Sie sind Frau Jacobsen und wollen zu Herrn Storm, richtig? Er sitzt dort vorne, an dem Tisch am Fenster. Gehen Sie ruhig hin. Ich habe ihm schon Bescheid gesagt, dass er Besuch bekommt.« Sie nickte Alida aufmunternd zu.

Alida steuerte den Tisch an und spürte Nervosität in

sich aufsteigen. War Hans Storm derjenige, den sie suchte? Wenn ja, wie würde Oma Nanis erste große Liebe auf sie regieren? Was würde er sagen, wenn sie ihm den Brief gab und ihm gleichzeitig von Omas Tod erzählen musste? Sie überlegte, wie sie am besten das Gespräch mit Hans Storm beginnen konnte, ohne gleich mit der Tür ins Haus zu fallen.

Während sie durch den Raum ging, betrachtete sie den Mann, der an dem Tisch saß und den Blick nach draußen gerichtet hatte. Er trug ein kariertes Hemd und Hosenträger. Eine dunkel eingefasste Brille saß auf seiner Nase. Für sein Alter sah er ganz sportlich aus, soweit Alida das beurteilen konnte.

Als sie am Tisch angekommen war, sprach sie ihn an: »Guten Tag, Herr Storm. Ich bin Alida Jacobsen.«

Er wandte sich ihr zu und schaute ihr in die Augen. Sie reichte dem alten Herrn zur Begrüßung die Hand und spürte, wie ihr Herz vor Aufregung schneller klopfte. Ist er der Mann auf dem Foto? fragte sie sich.

»Guten Tag, Frau Jacobsen. Freut mich. Was führt Sie zu mir?«, fragte er sie neugierig und machte eine einladende Geste Richtung Stuhl. Alida setzte sich. »Nun ja, es ist vielleicht eine etwas ungewöhnliche Geschichte. Ich bin auf der Suche nach einem Bernsteinsammler aus St. Peter-Ording, der Hans heißt«, tastete sich Alida vorsichtig vor, um ihn nicht zu überrumpeln.

»Trifft beides auf mich zu, junges Fräulein«, sagte er freundlich.

Alida öffnete ihre Tasche und holte die Aufnahme von ihrer Oma und dem Mann hervor, von dem sie hoffte, dass er nun vor ihr saß. »Sind Sie der Mann auf diesem Foto?«

Er nahm es in eine Hand und betrachtete es eingehend. Nach kurzer Überlegung schüttelte er den Kopf. »Nein, tut mir leid. Das bin ich nicht«, machte er ihre Hoffnungen mit einem Schlag zunichte.

»Es wurde 1949 vor einem Pfahlbau am Strand von St. Peter-Ording aufgenommen. Die Frau auf dem Foto heißt Gerda«, versuchte es Alida dennoch.

Er zuckte jedoch bloß mit den Schultern und gab ihr das Foto zurück. »Tut mir leid. Ich habe nie eine Frau gekannt, die Gerda hieß – jedenfalls kann ich mich nicht daran erinnern. Außerdem bin ich erst in den 1970er Jahren nach St. Peter-Ording gezogen. Davor habe ich in Remscheid gelebt.«

»Verstehe«, sagte Alida und versuchte, sich ihre Enttäuschung nicht anmerken zu lassen. Sie steckte die Aufnahme zurück in ihre Tasche.

»Ich fürchte, Sie müssen weitersuchen«, stellte Herr Storm mit bedauerndem Tonfall fest.

»Das fürchte ich auch.« Alida erhob sich. »Es hat mich aber gefreut, Ihre Bekanntschaft gemacht zu haben.

Danke, dass Sie sich kurz Zeit genommen haben.« Sie gab ihm die Hand. Herr Storm erhob sich ebenfalls, verabschiedete sich von ihr und wünschte ihr viel Glück bei der weiteren Suche.

Etwas niedergeschlagen verließ Alida das Seniorenheim wieder. Draußen angekommen, seufzte sie laut auf. Es wäre ja auch zu schön gewesen, dachte sie. Zumindest konnte sie nun einen Bernsteinsammler aus St. Peter-Ording von ihrer Liste streichen. So viele Männer, die Hans hießen, konnte es in dem kleinen Küstenörtchen doch nicht geben.

Am nächsten Morgen hatte Alida die Enttäuschung vom Vortag einigermaßen verdaut. Sie klappte den Kragen ihrer warmen Jacke hoch und ging entschlossenen Schrittes die Straße entlang. Sie musste Hans finden, das wusste sie. Aber wie sollte sie vorgehen? Um einen klaren Kopf zu bekommen und neue Energie zu schöpfen, hatte sie sich eine kleine Auszeit in der Dünen-Therme an der Seebrücke verordnet. Dort angekommen buchte sie zunächst eine Entspannungsmassage, bei der sie sich von Kopf bis Fuß durchkneten ließ. Sie spürte förmlich, wie durch die gekonnten Handgriffe der Masseurin ihre Lebensgeister geweckt wurden. Im Anschluss daran gönnte Alida sich einen Besuch in der Pfahlbausauna, von der aus man eine traumhafte Aussicht über die Dünenlandschaft hatte. Während sie schwitzte, genoss sie den Ausblick auf den winterlichen Strand. Wie schön es hier doch ist, dachte sie erneut. Die Menschen, die hier lebten, waren in ihren Augen echte Glückskinder. Wer hatte schon solch eine Schönheit vor der eigenen Haustür? Oder sah man das irgendwann nicht mehr, weil man sich zu sehr daran gewöhnt hatte?

Nach dem Saunagang setzte sie sich nach draußen in einen Strandkorb im Dünengarten. Kühle Luft legte sich beruhigend auf ihren Körper und ihre Seele. Alida schloss für einen Moment die Augen und dachte wieder über ihre Suche nach Hans nach. Was sollte sie als Nächstes tun? Sie ließ ihre Gedanken schweifen, hatte aber keine zündende Idee.

Ein paar Minuten später erhob sie sich aus dem Strandkorb, um zum Abschluss noch im Kneippbecken Wasser zu treten. Eine Frau mit kurzen roten Locken drehte ihre Runden in dem Becken. Ihr schienen die kühlen Temperaturen nichts auszumachen, im Gegensatz zu Alida, die vor Kälte mittlerweile eine Gänsehaut hatte. »Es gibt doch nichts Besseres als Kneippen, finden Sie nicht auch?«, rief sie Alida fröhlich zu.

Alida lächelte die Frau an und testete vorsichtig mit einer Fußspitze die Temperatur des Wassers im Becken.

»Ich habe mal gehört, dass es gut für die Durchblutung sein soll. Und gegen Migräne.«

»Oh ja! Aber nicht nur das. Man kann es zu jeder Jahreszeit machen, und es beugt auch Krampfadern vor. Außerdem ist Kneippen eine wunderbare Einschlafhilfe. Seitdem ich regelmäßig Wasser trete, schlafe ich wie ein Stein«, erzählte die Frau begeistert und hob wie zum Beweis ihr Bein beim Treten höher an. »Trauen Sie sich nur!«

»Sie scheinen ja oft hier zu sein«, sagte Alida und setzte mutig einen Fuß ins Becken. »Fast täglich, seitdem mein Mann und ich vor einigen Jahren hergezogen sind. Früher waren wir bloß im Urlaub hier. Inzwischen sind wir in St. Peter heimisch geworden.«

»Es muss schön sein, direkt am Meer zu leben.«

»Schön ist gar kein Ausdruck. Es ist himmlisch. Machen Sie Urlaub hier?«, fragte die Frau. Sie hatte Alida fast eingeholt.

»Ja. Ich habe mir ein paar Tage Erholung gegönnt«, antwortete sie.

»Dafür ist der Ort ja ideal! Und zum Heiraten«, fügte die Dame lachend hinzu.

»Zum Heiraten«, murmelte Alida und blieb ihr gegenüber stehen. Ihr war plötzlich eine Idee gekommen. Sie würde zur Kirche gehen. Dort konnte ihr doch bestimmt jemand helfen. Sie war ganz begeistert von ihrem Einfall und wollte nun so schnell wie möglich weiter nach Hans forschen. Alida winkte ihrer Bekanntschaft zum Abschied zu und machte sich auf den Rückweg in das Gebäude der

Therme. Gern hätte sie noch den Wasserfall mit Nordseemeerwasser ausprobiert, wenn sie es nun nicht so eilig gehabt hätte. Außerdem war ihr extrem kalt.

Beim Bürgerbüro hatte sie zwar kein Glück gehabt, aber vielleicht gab es in der Kirchengemeinde alte Aufzeichnungen über Kirchenmitglieder von damals. Früher waren die Leute viel gläubiger als heute, und falls Hans 1949 in St. Peter-Ording gelebt hatte, gab es vielleicht eine Art Register, wer in dem Jahr Mitglied in der Kirche gewesen war. Alida beeilte sich mit der Dusche und dem Anziehen, um sich so schnell wie möglich auf den Weg zu machen.

Eine gute halbe Stunde später lief sie auf den Eingang des Gemeindehauses zu, das sich etwas versetzt von der Kirche befand. Die Tür war nicht verschlossen, und Alida betrat den kleinen Empfangsraum, in dem neben ein paar Zimmerpflanzen nur ein Tisch mit Infomaterial stand. Kinderstimmen drangen aus einem angrenzenden Raum, dessen Tür sperrangelweit offen stand. Alida lugte vorsichtig hinein. Eine Kindergruppe probte ein Krippenspiel unter der Leitung einer Frau, die einen auffällig bunten Poncho trug. Gerade verkündete ein kleines Mädchen im Engelsgewand einem anderen Mädchen die frohe Botschaft, woraufhin sich dieses mit einem Jungen aufmachte, um eine Herberge zu finden. Alida schaute einen Moment bei der Probe zu, bis ein Kind sie entdeckte.

»Hallo«, rief ein kleiner Junge, der in seiner rechten Hand einen Hirtenstab hielt und auf Alida zeigte, die sich am Türrahmen angelehnt hatte.

Die Frau mit dem Poncho wirbelte zu ihr herum. »Kinder, wir machen eine kurze Pause«, verkündete sie und kam auf Alida zu. »Moin!«

»Guten Tag. Ich wollte Sie nicht bei der Probe unterbrechen.«

»Das macht nichts. Wir machen eh zwischendurch immer mal wieder Pausen. Kann ich Ihnen vielleicht helfen?«

»Das wäre schön. Ich hoffe, dass sie mir einen Tipp geben können. Ich suche einen Mann, über den ich nicht viel weiß. Bloß seinen Vornamen und dass er 1949 eventuell hier gelebt hat. Beim Bürgerbüro bin ich damit nicht weit gekommen, aber ich dachte mir, dass er vielleicht Kirchenmitglied gewesen sein könnte. Deswegen wollte ich nachfragen, ob es ein Mitgliederregister aus der damaligen Zeit gibt und ich mir mal die Namen ansehen könnte.«

Die Frau mit dem Poncho hatte ihr aufmerksam zugehört. »Wir haben tatsächlich Mitgliederregister. Aber dann müssten Sie morgen wiederkommen. Frau Benade, die für die Verwaltung der Aufzeichnungen zuständig ist, arbeitet nur halbtags.«

»Verstehe, danke.« So ein Pech. Alida wollte endlich mit ihrer Suche nach Hans weiterkommen. Ursprünglich hatte sie nur eine Woche in S. Peter-Ording bleiben wollen, nun war schon die zweite Woche angebrochen. Doch was blieb ihr anderes übrig?

Alida verabschiedete sich und verließ die Probe. Als sie auf den Ausgang zuging, blieb ihr Blick an dem Tisch hängen, auf dem verschiedene Handzettel auslagen. Sie nahm einen in die Hand, der durch das Wort »Chronik« ihr Interesse geweckt hatte. Auf dem Flyer lud die AG Orts-Chronik zum weihnachtlichen Brotbacken im Backhus von St. Peter-Ording ein. Unten auf dem Zettel war eine Internetadresse angegeben. Alida griff nach ihrem Handy und gab die Internetseite ein. Auf der Homepage fand sie heraus, dass die Vereinigung sich zum Ziel gesetzt hatte, die Geschichte von St. Peter-Ording aufzuschreiben, und ein Archiv betrieb, in dem Urkunden, Bücher, Bilder und Zeitungen aufbewahrt wurden. Alida spürte wieder dieses Kribbeln im Bauch. Das war doch genau das, wonach sie gesucht hatte! Wahrscheinlich war diese Anlaufstelle viel besser als ein Kirchenregister. Dort konnte sie bestimmt etwas über Bernsteinsammler aus dem Jahre 1949 herausfinden. Welch göttliche Fügung, dachte sie und musste lächeln. Sie steckte den Zettel in ihre Jackentasche und hatte das Gefühl, einen großen Schritt weitergekommen zu sein.

13. Kapitel

»Und? Hast du etwas verkauft?« Alida saß mit Femke, den Zwillingen und Inge Cleves am Küchentisch und rührte mit einem Löffel in einer Tasse Tee. Es war später Nachmittag gewesen, als sie wieder am Haubarg eingetroffen war und Femke ihre letzten Kunden des Tages verabschiedet hatte. Sie hatte Alida noch auf einen Tee in die Küche eingeladen.

Nun machte sie eine wegwerfende Handbewegung. »Ach, schön wäre es. Nur geguckt haben sie und versprochen wiederzukommen.«

»Die guten Zeiten für Antiquitäten sind längst vorbei. Es kommen ja fast keine Kunden mehr. Keiner will mehr Geld für Qualität ausgeben«, warf Femkes Oma ein, die mit den Zwillingen am Küchentisch saß und stickte.

Alida drückte ihren Rücken gegen die Stuhllehne. »Aber ihr habt doch genügend Kunden für eure Antiquitäten?«

»Leider kommen immer weniger. Nicht mit früheren Zeiten zu vergleichen. Würde Simon nicht seinen Job bei der Tourismus-Zentrale haben, hätte ich das Geschäft schon längst aufgeben müssen. Der Antiquitätenladen läuft schon seit Längerem nicht mehr so gut.«

»Oh, das tut mir leid zu hören«, sagte Alida.

»Mitte Dezember steht noch das Adventsfest an, das immer für guten Umsatz sorgt. Aber danach weiß ich nicht so richtig, wie es weitergehen soll. Und das macht mich sehr traurig, weil es vielleicht bedeutet, dass ich nicht nur meinen Traumjob als Antiquitätenhändlerin aufgeben muss, sondern damit auch die Familientradition endet, die meine Großeltern begründet haben.« Femke schaute bedrückt auf ihre Hände.

»Aber, Mama, Nis Puk muss einfach wieder zurückkommen. Dann kannst du den Laden behalten!«, rief Leni aufgeregt.

»Ach, du ...« Femke lächelte und strich ihrer Tochter über den Kopf.

»Wer ist denn Nis Puk?«, fragte Alida interessiert.

»Nis Puk ist ein Kobold, der in einer Scheune lebt«, erzählte Leni geheimnisvoll. »Nur Kinder können ihn sehen. Für Erwachsene ist er unsichtbar«, fuhr sie mit gedämpfter Stimme fort, als hätte sie Angst, jemand könnte sie belauschen. »In der Weihnachtszeit ist es nämlich ganz wichtig, dass die Leute, die auf einem Hof leben, Nis Puk eine Schüssel Grütze mit Butter und braunem Zucker bringen. Wenn sie das nicht tun, ärgert sich Nis Puk und zieht auf einen anderen Hof um. Und das bringt Unglück.

Den Leuten auf dem Hof geht es dann schlecht«, erklärte sie. Und dann sah sie plötzlich aufgeregt ihre Mutter an. »Mama, wir müssen Nis Puk Grütze bringen. Das haben wir noch nie gemacht. Kein Wunder, dass du keine Kunden hast. Wir kochen Grütze, und dann wird alles wieder gut.« Leni rutschte auf ihrem Stuhl herum und zupfte ihrer Mutter ungeduldig am Ärmel.

»Ach, Leni ...« Femke seufzte.

Plötzlich schaltete sich Femkes Großmutter ein. »Das ist eine gute Idee, Leni. Ich habe das Rezept für die Grütze im Kopf, und die Zutaten müssten alle in der Speisekammer sein.«

Femke sah ihre Oma erst ungläubig an, aber gab dann auf.

»Was soll's? Versuchen wir es mit Grütze. Gegen meine Oma Inge und die Kinder komme ich sowieso nicht an«, gab sich Femke geschlagen. »Aber danach müsst ihr schnell ins Bett. Morgen ist Schule.« Sie erhob sich vom Stuhl und ging in die Speisekammer, um die Zutaten zu holen.

Während Oma Inge mit den Kindern in der Küche Grütze für den unsichtbaren Kobold zubereitete, verzogen sich Alida und Femke ins Wohnzimmer. Alida nahm ihre Tasse Tee mit. Femke zündete ein Feuer im Kamin an und setzte sich zu Alida aufs Sofa.

»Sag mal, was ist denn das für ein Adventsfest, das du planst?«, fragte Alida interessiert.

Doch bevor Femke antworten konnte, erklang die Haustürglocke.

Femke stand auf und ging zur Tür. »Das ist bestimmt Simon mit Smudo, er hat vermutlich seinen Schlüssel vergessen.« Alida trank einen Schluck von ihrem Tee und wartete.

Von der Diele her erklangen gedämpfte Stimmen.

»Alida?«, rief Femke.

»Ja?«

»Kommst du mal?«

»Ja!« Sie stellte ihre Teetasse auf der Tischplatte ab und beeilte sich, in die Diele zu gehen.

»Hier ist jemand für dich«, empfing Femke sie.

»Seit wann willst du denn zu mir, Thomas?«, wunderte sich Alida. Femkes Bruder trug Arbeitsklamotten und hielt einen großen Werkzeugkoffer in der Hand.

»Ich habe gehört, dass dein Auto kaputt ist«, antwortete er.

»Stimmt.« Sie sah ihn fragend an.

Er zuckte mit den Schultern. »Ich habe gerade Zeit, und da dachte ich mir, ich schau noch mal vorbei und mache die Kiste wieder fit.«

»Du kannst Autos reparieren? Das ist ja super«, freute sich Alida.

»Im ersten Leben war Thomas Kfz-Mechaniker. Aber das ist schon ziemlich lange her«, erklärte Femke.

»Für deinen Wagen hat es trotzdem immer gereicht«, konterte er und grinste.

»Mensch, Thomas, das ist wirklich total nett von dir«, schaltete Alida sich wieder ein und schlüpfte in ihre Winterjacke. Gemeinsam gingen sie zu ihrem Mini.

»Wo hakt es denn?«, fragte Thomas und stellte seinen Koffer neben dem Auto ab, das Alida praktischerweise unter einer hellen Straßenlaterne geparkt hatte.

Sie zuckte mit den Schultern. »Ich kann den Wagen nicht mehr starten.«

»Irgendwelche besonderen Geräusche beim Starten, oder kommt gar nichts?«, versuchte Thomas, das Problem einzukreisen.

»Fröhliches Röhren beim Anlassen, aber dann kommt nichts mehr.«

Thomas hielt ihr seine Hand entgegen. »Den Schlüssel bitte.«

»Hier.« Alida gab ihm den Autoschlüssel.

Thomas schloss den Wagen auf und drückte auf den Knopf, mit dem sich die Motorhaube öffnen ließ. Dann warf er Alida den Schlüssel wieder zu.

»Kannst du ihn gleich mal starten, wenn ich es dir sage?«, fragte er. Alida setzte sich folgsam hinters Steuer und wartete auf Anweisungen. Thomas klappte die Motorhaube auf und warf einen Blick auf das Innenleben des Autos. Er überprüfte Kabel und Schrauben, machte einen

Öl-Check und kontrollierte, wie viel Kühlflüssigkeit vorhanden war.

»Jetzt starten, bitte«, forderte er Alida auf. Sogleich erklang das ihr bereits bekannte Geräusch.

»Okay!« Thomas machte eine Handbewegung von oben nach unten, die Alida signalisierte, den Startversuch abzubrechen.

»Noch einmal«, rief Thomas nach einer Weile, und sofort erklang das Schnarren des Anlassers. »Okay, mach wieder aus!«

»Hast du den Fehler gefunden?«

Thomas verschwand erneut hinter der Motorhaube, drehte und schraubte. Nach einer Weile tauchte er wieder auf und schien sich auf eine Diagnose festgelegt zu haben.

»Sind wohl die Zündkerzen«, verkündete er. »Ist bloß eine Kleinigkeit, aber ohne die Dinger geht nichts. Wenn du willst, fahre ich morgen zum Händler und besorge neue. Dann kann ich sie auswechseln.«

»Das wäre toll!«, sagte Alida gleichermaßen erfreut wie überrascht. »Danke!«

»Gut, das mache ich. Ist es okay, wenn ich deinen Schlüssel mitnehme?«, fragte Thomas, ohne weiter auf ihren Dank einzugehen. »Dann musst du morgen nicht auf mich warten. Ich bringe dir den Schlüssel vorbei, sobald die Kiste wieder fit ist.«

»Klar, und danke noch mal.«

»Kein Problem, bis morgen.«

»Bis morgen.« Alida lächelte ihn an und ging verwundert, aber froh wieder ins Haus. Womit hatte sie denn das verdient?

Nach dem Abendbrot hatte sich Femkes Familie zurückgezogen, und Alida war auf ihr Zimmer gegangen. Sie kuschelte sich in das warme Bett, knipste das Licht aus und fühlte sich mehr als zufrieden. Der Tag war entspannend gewesen, und sie hatte endlich einen Plan, wie sie bei der Suche nach Hans weiter vorgehen wollte. Wenn alles gut lief, würde morgen auch ihr Auto wieder startklar sein – dank Thomas. Langsam verstand sie, was Femke über ihren Bruder gesagt hatte. Er schien wirklich ein netter Kerl zu sein und war offensichtlich sehr hilfsbereit. Erst hatte er ihr den Schlitten geliehen, und nun kümmerte er sich um ihr Auto. Es sah so aus, als müsste sie ihre Meinung über ihn revidieren. Sie begann, ihn zu mögen. Sie überlegte noch, warum er trotzdem so einsilbig ihr gegenüber war, aber um sich den Kopf zu zerbrechen, war sie zu müde. Bald schlief sie erschöpft ein.

Mitten in der Nacht schreckte Alida hoch. Sie war schlaftrunken und wusste zuerst nicht, was los war. Es klopfte jemand von außen laut an ihre Zimmertür. Schnell knipste sie das Licht an und öffnete die Tür einen Spaltbreit.

Femke stand völlig aufgelöst vor ihr. »Sind die Zwillinge bei dir?«

»Bei mir? Nein. Was sollten sie denn bei mir wollen?«, fragte Alida verwirrt.

»In ihrem Zimmer sind sie nicht und auch nirgendwo anders. Wir haben schon alles abgesucht. Sie sind wie vom Erdboden verschluckt«, berichtete Femke aufgelöst.

»Ich ziehe mich an, und dann helfe ich mit beim Suchen, okay?«, bot Alida an.

»Ja, danke, das wäre super.«

Alida schlüpfte in eine Jeans und zog einen Rollkragenpullover über. Ihre Haare band sie eilig zu einem Pferdeschwanz zusammen. Dann lief sie die Treppen hinunter.

Als Alida in die Diele des Haupthauses trat, war dort die ganze Familie versammelt, inklusive Thomas, der verschlafen aussah und wahrscheinlich genauso wie sie aus dem Bett geholt worden war.

»Aber irgendwo müssen sie ja sein.« Femkes Mann schüttelte den Kopf.

»Ja, aber wo denn, Simon?« Alida hörte die Panik in Femkes Stimme.

»Wir müssen sie draußen suchen«, meldete sich Thomas zu Wort.

»Was sollen Leni und Lasse denn mitten in der Nacht draußen vorhaben? Noch dazu bei der Kälte?«, fragte Femke ihn entgeistert.

»Thomas hat recht. Im Haus sind sie nicht. Am besten wir bilden kleine Suchgruppen«, ergriff Simon das Wort. »Femke und ich suchen zusammen. Und Thomas und Alida.«

Alida schaute Thomas fragend an. Er nickte knapp.

»Wir nehmen den Hund mit.«

Die Suchtrupps machten sich startklar. Simon gab Thomas eine Taschenlampe und zwei Decken, die er aus dem Keller geholt hatte.

»Und was ist mit mir? Wo soll ich suchen?«, meldete sich Inge Cleves in dem Chaos zu Wort.

Femke legte ihrer Großmutter eine Hand auf die Schultern. »Du bleibst hier, Oma«, sagte sie eindringlich zu ihr. »Dich brauchen wir am Telefon oder wenn Leni und Lasse plötzlich wieder auftauchen und keinen Haustürschlüssel dabeihaben. Einer muss hierbleiben und die Kinder ins Haus lassen, falls sie zurückkommen.«

Bevor sie aufbrachen, meldete Simon die Kinder noch bei der Polizei als vermisst und gab dem Beamten eine detaillierte Beschreibung der Zwillinge. Er informierte den zuständigen Polizisten auch darüber, dass sie gleich zu einer privaten Suchaktion aufbrechen würden, aber jemand im Haus die Stellung hielt.

Simon war schon an der Tür, da drehte er sich zu den anderen um. »Haben alle Handys mit? Damit wir uns erreichen können, wenn wir sie gefunden haben?«, fragte er.

»Du meinst für den Fall, dass wir Empfang haben?«, fragte Thomas.

»Ja, stimmt. Also, in zwei Stunden treffen wir uns alle hier.« Er wandte sich wieder der Tür zu und öffnete sie. »Dann bis später. Hoffentlich haben wir Glück.«

Bevor Thomas zusammen mit Alida aufbrach, nahm er Smudo an die Leine. »Von mir aus können wir.«

Alida hielt kurz inne.

»Was ist los?«, wollte Thomas wissen.

»Moment. Mir ist gerade was eingefallen«, sagte sie und verschwand in der Küche. Alida sah auf den Herd, und ihre Vermutung wurde bestätigt. Der rote Topf mit der Grütze war weg. »Ich glaube, ich weiß, was los ist«, sagte sie zu Thomas. »Weißt du, wo hier in der Nähe Scheunen sind?«

»Scheunen?« Thomas schüttelte verständnislos den Kopf. »Wieso denn Scheunen?«

»Erkläre ich dir auf dem Weg«, antwortete Alida ungeduldig.

»Okay, also hier in der Gegend sind diverse Scheunen auf den umliegenden Höfen.«

Alida setzte sich ihre Mütze auf. »Gut, dann haben wir einiges vor. Lass uns losmarschieren.«

Alida und Thomas verabschiedeten sich schnell von Inge, die in einem antiken Ohrensessel mit einer Decke auf dem Schoß neben dem Telefon im Wohnzimmer die Stellung hielt.

Alida zog die Haustür zu und musste fast schmunzeln, als sie mit Smudo zur Straße liefen. »Leni und Lasse sind auf der Suche nach Nis Puk.«

»Bitte, was?«, fragte Thomas verständnislos.

»Sie haben den Topf mit der Grütze mitgenommen. Wo ist die nächste Scheune?«

»Dreihundert Meter die Landstraße hoch.«

»Dann Beeilung!«, trieb sie Thomas an. Alida erzählte ihm auf dem Fußweg zur Scheune von dem Abend in der Küche. »Als Leni mir die Geschichte mit dem Kobold erzählt hat, kam ihr die Idee, Grütze zu kochen und so den Laden wieder in Schwung zu bringen bzw. Nis Puk dazu zu bringen, wieder auf den Hof zu ziehen. Ich glaube, Femke hat das Ganze nicht so ernst genommen wie die Kinder, verstehst du? Deswegen sind sie weg.«

»Du könntest recht haben.« Thomas schien verdutzt. »Und es passt auch zu meiner Nichte und meinem Neffen. Sie sind für ihr Alter nämlich ziemlich gewissenhaft und clever.«

Die Scheune an der Landstraße gehörte zu einem großen Gehöft. Alida bibberte vor Kälte, als sie dort ankamen. Der Mond leuchtete von einem klaren Himmel mit den Sternen um die Wette, und Alida bereute, dass sie keine Strumpfhose unter ihrer Jeans angezogen hatte. Aber dafür war keine Zeit gewesen. Alida und Thomas blieben an der Hofauffahrt stehen.

»Lass uns kurz Bescheid sagen, dass wir in die Scheune wollen. Nicht dass wir noch den Hund aufschrecken und für Einbrecher gehalten werden. Ich kenne den Besitzer. Lass uns eben klingeln.« Thomas drückte auf den Klingelknopf.

»Moment«, rief eine Stimme im Haus. Kurz darauf öffnete ein etwa fünfzigjähriger Mann das Tor. Er trug einen gestreiften Bademantel und zog an einer Pfeife, deren würziger Tabakgeruch Alida sofort in die Nase stieg. Er schien noch nicht geschlafen zu haben.

Thomas erzählte ihm im Schnelldurchgang vom Verschwinden der Kinder und warum er gerne einen Blick in seine Scheune werfen wollte.

»Da hol mich doch der Teufel. Und da sind die zwei mit dem Kochtopf bei der Kälte losgezogen, um einen Geist zu finden?«, fragte er ungläubig.

»Einen Kobold«, korrigierte Alida ihn.

»Bitte?«

»Sie suchen einen Kobold«, wiederholte sie.

»Von mir aus auch den Schimmelreiter. Na, denn kommt mal mit zur Scheune.« Er legte die Pfeife auf einer Fensterbank des Hauses ab und öffnete das wuchtige Scheunentor. »Moment, ich mach Licht.«

Alida hörte ein Klicken, und kurz darauf flackerte grelles Neonröhrenlicht auf. Für einen Moment taten ihre Augen weh, doch sie gewöhnten sich schnell an die Helligkeit.

»Dann sucht mal und sagt mir Bescheid, wenn ihr fertig seid. Hoffentlich findet ihr die Ausreißer«, sagte der Mann im Bademantel und ging mit seiner Pfeife wieder zurück ins Haus.

Die Scheune war mit Geräten und allerhand Gerümpel komplett zugestellt. Eine Holztreppe führte auf den Speicher, auf dem Strohballen gelagert wurden.

»Was für ein Sammelsurium«, stellte Alida fest. »Wäre ich Nis Puk, ich würde mich hier nicht häuslich niederlassen. Überall liegt was rum, worüber man stolpern und sich sämtliche Gräten brechen kann.«

»Tja, das perfekte Versteck ist es aber schon«, stellte Thomas fest. »Geh du am besten rechts lang, und ich kämpfe mich durch den linken Teil«, schlug er vor. »Smudo kann hier herumschnüffeln. Falls die Kinder hier waren, riecht er sie bestimmt.«

»Einverstanden.«

Alida und Thomas durchkämmten die Scheune, und Smudo schnupperte an allen Gegenständen. Sie riefen laut nach Leni und Lasse. Alida stieg auf einen Traktor und schaute hinter eine Mähmaschine. Sie arbeiteten sich durch den gesamten Speicher, und Alida bekam von dem Staub einen Hustenanfall. »Hier sind sie nicht«, keuchte sie. »Smudo hat auch nichts entdeckt.«

»Dann geht's weiter zum nächsten Hof«, sagte Thomas.

Sie löschten das Licht und machten sich auf den Weg

zur nächsten Scheune, jedoch nicht, ohne dem Mann mit der Pfeife Bescheid gesagt zu haben, dass sie die Kinder nicht in seiner Scheune gefunden hatten.

Zusammen mit Smudos Hilfe durchkämmten sie weitere Speicher in der Nähe und entwickelten dabei fast automatisch eine effektive Suchstrategie als Team, wobei sie sich ohne viele Worte verständigten. Alida war überrascht, wie gut das funktionierte.

»Kinder sind manchmal echt leichtsinnig«, sagte Thomas unvermittelt, als sie in einen kleinen Feldweg einbogen, der zum nächsten Hof führte.

Alida zog sich ihre Mütze gegen die eisige Kälte tiefer ins Gesicht. »Oder eben nicht egoistisch genug. Anderen zu helfen ist für Kinder selbstverständlicher als für Erwachsene.«

»Hauptsache wir finden die beiden Halunken, bevor dieser Kobold sie findet.« Thomas zwinkerte ihr zu.

Alida lächelte Thomas von der Seite an. Er hatte ihr inzwischen sogar Smudo anvertraut, der brav neben ihr an der Leine ging und aufmerksam die Ohren spitzte. Unter der Fassade des Griesgrams verbarg sich offenbar ein Mann mit Sinn für Humor. Sie merkte, dass Thomas ihr immer sympathischer wurde.

»Hey, was ist denn mit dir los?« Smudo schnüffelte plötzlich aufgeregt am Boden und fing an zu bellen. Dann rannte er los.

Alida stolperte hinter dem Hund her und konnte in der Dunkelheit kaum mit Smudos Tempo Schritt halten. Sie legten die Strecke zum nächsten Gehöft im flotten Lauftempo zurück und kamen atemlos an einem mit Reet gedeckten Bauernhaus an.

Dieses Mal verzichteten sie darauf, den Besitzer zu informieren, und liefen direkt zu der Scheune. Smudo zog noch stärker als zuvor an der Leine. Dabei hing ihm seine Zunge aus dem Maul, und je näher sie der Scheune kamen, umso schneller wedelte er mit dem Schwanz.

Thomas und Alida schoben das grüne Scheunentor zur Seite und riefen laut nach den Kindern. Alida fand den Lichtschalter neben der Tür. Hier herrschte kein Durcheinander, sondern tadellose Ordnung. Zwei Autos waren in dem Speicher untergebracht. An den Wänden standen ein paar Schränke, ein Rasenmäher und ein zusammengeklapptes Trampolin. Smudo bellte aufgeregt und sprang an Thomas hoch. »Den unteren Teil müssen wir wohl nicht absuchen«, sagte er und versuchte den Hund zu beruhigen.

»Smudo wittert etwas«, stimmte Alida ihm zu und legte die Decken auf einem Schränkchen ab, das sich neben dem Rasenmäher befand.

Ohne Umschweife kletterten Thomas und Alida die Stiege zu dem Speicher hinauf.

Auf dem Boden war es dunkel. Thomas' Taschenlampe

stellte die einzige Lichtquelle dar. Der schmale Lichtkegel der Lampe beleuchtete Heuballen und loses Stroh. Stück für Stück arbeiteten sie sich vor.

»Stopp!« Alida griff plötzlich nach Thomas' Arm.

»Was ist?«

»Ich glaube, ich habe gerade was gesehen. Leuchte noch mal ein Stück zurück nach rechts«, instruierte sie Thomas.

Er tat, wie ihm geheißen, und ließ den Lichtschein wieder nach rechts wandern. »Da!«, rief Alida aufgeregt und ging mit leisen Schritten auf die Stelle zu, auf die Thomas den Lichtstrahl gerichtet hatte. Leni und Lasse lagen schlafend im Heu, in ihrer Mitte der Topf mit der Grütze.

»Die Kinder schlafen endlich.« Femke schlich auf Zehenspitzen die Treppenstufen hinunter, als hätte sie Angst, die Zwillinge könnten durch zu laute Schritte aufwachen.

»Oma auch.« Thomas machte eine Kopfbewegung zum Wohnzimmer, wo Inge Cleves tief und fest im Ohrensessel schlummerte, die Wolldecke bis unters Kinn hochgezogen, und dabei geräuschvoll schnarchte. »Soll ich sie ins Bett tragen?«

»Bloß nicht! Sie schläft öfter im Sessel ein. Spätestens wenn sie nachts wach wird, um zur Toilette zu gehen, macht sie sich danach auf den Weg in ihr Schlafzimmer«, antwortete Femke, knipste das Licht im Wohnzimmer aus und zog die Tür leise zu.

»Bewundernswert. Ich werde heute Nacht wahrscheinlich kein Auge zumachen nach der ganzen Aufregung, obwohl ich so kaputt bin, dass ich eigentlich im Stehen einschlafen müsste«, sagte Alida.

Thomas gähnte wie zur Bestätigung ihrer Worte.

»Gott sei Dank habt ihr die Kinder gefunden«, sagte Femke. Sie begleitete Alida und Thomas zur Haustür. »Schlaft gut, und danke noch einmal für eure Hilfe.«

Alida und Thomas blieben draußen vor dem Haus stehen.

»Das hätten wir erledigt«, sagte er und vergrub seine Hände in den Hosentaschen.

»Wir sind ein gutes Team«, bemerkte Alida und lächelte ihn an. »Komm gut nach Hause.«

»Werde ich. Morgen mache ich dein Auto fertig«, versprach er. Er wünschte ihr eine gute Nacht und winkte ihr zum Abschied zu. Dann machte er sich auf den Heimweg.

Alida ging zum Nebengebäude und hielt einen Moment inne. Sie schaute Thomas nach, bis er aus ihrem Sichtfeld verschwunden war. Dann drehte sie den Schlüssel im Schloss und stieg die Stufen zu ihrem Zimmer hinauf.

Als Alida wieder in ihrem Zimmer angekommen war, trat sie ans Fenster und schaute in die Dunkelheit hinaus. In der Ferne zuckte in regelmäßigen Abständen das Leuchtfeuer vom Westerhever Leuchtturm durch die schwarze Nacht. Alida fühlte sich innerlich aufgewühlt und kein bisschen müde. Sie dachte an Thomas und die letzten Stunden, die sie zusammen verbracht hatten und die ihr bisheriges Bild von ihm verändert hatten.

Sie war überrascht, wie gut die Suche nach den Kindern mit ihm funktioniert hatte und auch, dass sie sich in seiner Gegenwart so wohlgefühlt hatte. Sie hatte heute eine ganz andere Seite von ihm kennengelernt. Und sie konnte nicht leugnen, dass sie sich auf die nächste Begegnung mit Thomas freute.

14. Kapitel

Alida drehte den Zündschlüssel im Schloss, und der Motor ihres Minis sprang sofort an. Sie lächelte und strich mit ihrer Hand über das Lenkrad. Ein Hoch auf Thomas, dachte sie und rollte auf die Landstraße. Femkes Bruder musste ganz früh beim Autohändler gewesen sein, denn als sie zum Frühstück ins Haupthaus gegangen war, hatte der Schlüssel schon für sie bereit gelegen, und der Wagen war fertig gewesen. An einer Ecke bog sie links in die Kirchenleye ein und bei der zweiten Möglichkeit rechts auf die Badallee. Die Räumlichkeiten der AG Orts-Chronik waren in der Gemeindebücherei St. Peter-Ording untergebracht. Das rote Backsteinhaus befand sich gleich neben der Kirche St. Ulrich. Alida parkte ihren Wagen und ging auf den Eingang zu, vor dem sich zwei Männer unterhielten. Einer trug bloß einen dünnen Pullover, sodass Alida davon ausging, dass er zu den Mitarbeitern der Bücherei gehörte. »Entschuldigen Sie die Störung, ich möchte zur AG Orts-Chronik. Ich war noch nie in der Bücherei. Können Sie mir vielleicht sagen, wo ich hin muss?«

»Moin! Da haben Sie ja Glück. Ich bin Carsten Frey

und ehrenamtlicher Mitarbeiter der AG Orts-Chronik«, sagte der Mann in dem dünnen Pullover.

»Guten Morgen. Das ist ja wirklich ein schöner Zufall. Ich bin auf der Suche nach jemandem und würde dazu gerne im Archiv recherchieren.«

»Ich nehme Sie gleich mit. Dann können Sie in Ruhe schauen«, antwortete Herr Frey und verabschiedete sich von dem anderen Mann.

»Danke.« Alida folgte ihm in die Räumlichkeiten im Souterrain.

»So, das ist unser Archiv.« Herr Frey hielt ihr die Tür auf, damit sie eintreten konnte. »Nach wem suchen Sie denn?«

»Ich weiß nicht wirklich viel über ihn. Sein Vorname ist Hans, er hat 1949 vermutlich in St. Peter-Ording gelebt und Bernstein gesammelt. Ich habe ein Foto von ihm.« Sie nahm die Fotografie aus ihrer Geldbörse und zeigte sie ihm.

Herr Frey betrachtete das Bild. »Vielleicht ist es am sinnvollsten, wenn Sie sich die archivierten Zeitungen aus den 1940er und 1950er Jahren ansehen«, schlug er vor. »Eventuell findet sich dort ein Artikel über Bernsteinsammler aus St. Peter-Ording, wo er namentlich aufgeführt ist.«

»Das ist eine gute Idee«, stimmte Alida zu. Sie setzte sich an einen Tisch, während Herr Frey die passenden Aktenordner mit den Zeitungen heraussuchte.

»Falls Sie Hilfe benötigen, sagen Sie Bescheid«, bot er ihr an, nachdem er einige Ordner auf den Tisch gelegt hatte.

»Danke, das ist nett.«

»Ich hole Ihnen noch eine Lupe.« Herr Frey gab ihr ein Vergrößerungsglas und setzte sich dann an einen anderen Tisch, wo er Unterlagen sortierte und sich dabei Notizen machte.

Alida blätterte schweigend in den archivierten Zeitungen. Sie überflog die Überschriften, las die Artikel quer und schaute auf die Namen, die unter manchen Fotos standen. Durch ihre Recherche erfuhr sie eine Menge über die Geschichte von St. Peter-Ording in der Zeit zwischen 1940 bis 1950. Es hatte damals schon eine Jugendherberge gegeben und Heime für die Bevölkerung. St. Peter-Ording war während des Krieges ein beliebter Aufenthaltsort für Kranke, Verletzte, alte Menschen und werdende Mütter gewesen. Der große Ansturm auf den Ort hatte jedoch erst gegen Ende des Krieges eingesetzt, mit der Landverschickung von Kindern und Flüchtlingen aus den deutschen Ostgebieten. Seit 1949 ist St. Peter-Ording ein anerkanntes Heilbad, was damals auch ihre Oma als Kurgast in den Küstenort verschlagen hatte. Alida las interessiert die Berichte über die Entwicklung des Ortes und betrachtete die dazugehörigen Fotos auf dem gelblichen Papier mit der Lupe.

Dann stieß sie plötzlich auf einen Artikel mit der Überschrift *Außergewöhnlicher Bernsteinfund*. In der kurzen Meldung ging es um einen Bernsteinfund vor St. Peter-Ording. Der gefundene Stein wog über ein Kilo. Darunter prangte ein Foto von dem Bernsteinsammler mit dem Schmuckstein am Strand von St. Peter-Ording. Alida griff zur Lupe, um das Gesicht des Mannes besser erkennen zu können. Dann legte sie das alte Foto von Oma Nani und Hans daneben, um das Gesicht des Mannes aus der Zeitung mit dem auf dem Bild zu vergleichen.

»Ich glaube, ich habe hier was gefunden«, sagte sie schließlich mit klopfendem Herzen.

»Zeigen Sie mal.« Herr Frey erhob sich von seinem Platz und kam zu ihr. Er blickte ihr über die Schulter. »Die beiden Männer sehen sich wirklich sehr ähnlich. Steht ein Name dabei?«

Alida schüttelte den Kopf. »In dem kurzen Text ist kein Name angegeben.«

»Warten Sie mal.« Er nahm ihre Lupe und hielt sie unter das Foto. »Hier steht ganz klein der Name des Bernsteinsammlers … Hans Olsen. Ich glaube, Sie haben ihn gefunden.«

Alida nahm das Vergrößerungsglas und hielt es nun ebenfalls über die Stelle der Zeitung. »Tatsächlich! Das ist mir gerade völlig durchgerutscht.«

Herr Frey nickte. »Recherche macht müde. Da kommt so was vor.«

»Hans Olsen«, wiederholte Alida den Namen andächtig. »Das hilft mir weiter. Damit kann ich nun zum Bürgerbüro gehen und Erkundigungen über ihn anstellen.«

»Das brauchen Sie gar nicht«, winkte Herr Frey ab.

»Wie? Kennen Sie ihn etwa? Lebt er noch?«, fragte Alida aufgeregt.

»In der Tat, ich kenne ihn, und er weilt auch immer noch unter uns. Ich wusste nur bis eben nicht, dass er mal Bernstein gesammelt hat. Mir war er bloß als singender Seemann bekannt.«

»Da bin ich jetzt aber platt. Ich habe zwar gehofft, etwas über ihn herauszufinden, aber mir nicht allzu viel davon versprochen. Und nun sagen Sie, dass Sie ihn kennen.« Alida fuhr sich mit einer Hand durch die Haare. »Haben Sie denn eine Ahnung, wo ich Herrn Olsen finden kann?«, fragte sie.

»Soweit ich weiß, singt er nach wie vor einmal in der Woche im *Seeteufel* Seemannslieder. Der *Seeteufel* ist eine Kneipe zwischen den Ortsteilen Bad und Dorf. Die kennt hier jeder im Ort.«

Alida erhob sich vom Stuhl und gab ihm die Hand. »Vielen Dank für Ihre Hilfe, Herr Frey. Sie haben mir wirklich sehr geholfen.«

»Gern geschehen. Ich freue mich, wenn ich Ihnen behilflich sein konnte. Lassen Sie die Ordner ruhig liegen, die räume ich schon zurück an die jeweiligen Stellen.«

Herr Frey notierte noch den Namen der Kneipe für Alida auf einem Zettel, und dann verabschiedeten sie sich.

Als Alida wieder in ihrem Auto saß, konnte sie ihr Glück kaum fassen. Wie es schien, hatte sie Oma Nanis Hans nun endlich gefunden. Das Aussehen des Mannes auf dem Foto, die damalige Zeit und der Vorname des Bernsteinsammlers stimmten überein. Da musste es nun wirklich mit dem Teufel zugehen, wenn er es dieses Mal wieder nicht war. Alida wollte unbedingt beim nächsten Auftritt von Hans Olsen im *Seeteufel* vorbeischauen. Doch zunächst musste sie unbedingt mit Thomas sprechen.

Alida bog auf den Strandweg ab und hielt sich rechts auf der Straße, die unter anderem zum *Strandhuus* führte. Sie fand einen Parkplatz auf der Rückseite des Hotels. Schnellen Schrittes ging sie über die Veranda um das Hotel herum, durch die Lobby und lief geradewegs auf die Rezeption zu, hinter der Hannah und Steffen bei der Arbeit waren.

»Hi, ihr zwei!«, grüßte sie.

»Moin Alida, möchtest du zu Gesa?«, fragte Hannah nach und griff schon nach dem Telefonhörer.

»Nein, nein.« Alida schüttelte den Kopf. »Ich bin heute ausnahmsweise nicht mit Gesa verabredet, sondern wollte zu Thomas. Arbeitet er gerade?«

»Da hast du Glück. Er müsste hinter der Bar sein«, antwortete Hannah und zeigte links an der Rezeption vorbei.

»Danke.« Alida ging auf die Bar zu. Thomas und noch ein weiterer Barkeeper mixten gerade alkoholische Getränke für eine fünfköpfige Frauen-Clique mittleren Alters, die um einen runden Tisch saß und sich etwas zu laut unterhielt und lachte. Vermutlich war dies nicht ihre erste Cocktail-Runde. Alida setzte sich auf einen Hocker an die Bar und wartete, bis Thomas sie bemerkte. Er gab seinem Kollegen ein Zeichen, dass er sich um die Gäste kümmern sollte, und ging zu ihr hinüber.

»Hey, du schon wieder«, sagte er mit einem breiten Grinsen.

»Hallo, ich freue mich auch, dich zu sehen.« Alida grinste ebenfalls.

»Was führt dich zu mir? Oder hast du einfach Lust auf einen Drink?« Er hob eine Augenbraue.

»Ich bin tatsächlich wegen dir hier«, antwortete Alida, was Thomas' Augenbraue nur noch weiter nach oben wandern ließ.

»Aha, hört sich mysteriös an. Aber sag mir zuerst, was du trinken möchtest. Ich muss wenigstens so tun, als würde ich arbeiten.«

Alida warf einen Blick auf die Getränkekarte. »Ich hätte gerne einen ChariTea Green, bitte.«

»Das Auto läuft also wieder«, spielte er auf das alkoholfreie Getränk an.

»Wie am Schnürchen«, bestätigte sie. »Deswegen bin ich auch hier. Tausend Dank noch mal für die Reparatur.«

»Sehr schön, dass die Kiste wieder ihren Dienst tut.« Thomas bereitete einen grünen Eistee mit Ingwer und Honig für sie zu. Er legte eine Serviette auf die Theke und platzierte das Getränk darauf.

»Dankeschön. Sieht sehr gut aus.« Sie probierte den Tee mit einem Strohhalm. »Und schmeckt noch besser.«

»Aber jetzt sag, was ist los?«

»Ich möchte mich einfach für deine Hilfe bedanken«, eröffnete sie ihm und trank einen Schluck Eistee, während Thomas sie erwartungsvoll anschaute. »Deswegen möchte ich dich zum Abendessen einladen. Ohne dich würde mein Auto keinen Mucks mehr von sich geben«, redete sie weiter.

Thomas stützte sich auf der Arbeitsfläche hinter der Bar ab und schaute sie erfreut an. »Abendessen hört sich super an. Da bin ich dabei.«

»Prima!« Alida trank den Rest des Tees aus. »Da fällt mir etwas ein, kennst du eigentlich die Kneipe *Seeteufel*?«

»Klar. Die kennt hier jeder in St. Peter-Ording. Warum fragst du?«

Alida zuckte mit den Schultern. »Och, nur so. Ich habe gehört, dass dort einmal in der Woche ein Seemann echte Seemannslieder singt, und wollte vielleicht mal hingehen.«

»Die Abende mit Hans sind Kult«, sagte Thomas zu Alidas Erstaunen. Hans Olsen schien in St. Peter-Ording eine bekannte Größe zu sein.

Eine Frau aus der Clique quiekte hysterisch, weil ihr eine Freundin einen Eiswürfel in den Ausschnitt geworfen hatte.

»Okay, dann lass uns doch demnächst im Fischrestaurant neben dem Bernsteinladen an der Seebrücke zusammen essen gehen«, schlug Alida vor.

»Das klingt gut.«

Alida hielt ihm ihre Hand hin.

Thomas schlug grinsend ein.

15. Kapitel

»Moin, Alida«, begrüßte Femke sie, als sie am nächsten Morgen in die Küche kam, um zu frühstücken. Femke saß über einen Laptop gebeugt am Küchentisch und machte sich nebenbei Notizen auf einem Block. Ihre Großmutter Inge hockte daneben und löste wieder Kreuzworträtsel. Sie schaute kurz von ihrem Heft auf und nickte Alida knapp zu.

»Guten Morgen.« Alida setzte sich an den Platz Femke gegenüber und nahm ein Brötchen aus dem geflochtenen Korb.

»Wie immer Kaffee?«, fragte Femke und ging zur Kaffeemaschine.

»Gern, danke. Was machst du gerade?«, fragte Alida und zeigte auf das Notebook.

»Ich bin mit der Planung des Adventsfestes beschäftigt«, sagte Femke und löffelte Kaffeepulver in den Filter.

»Das trifft sich gut. Beim letzten Mal hat uns Thomas unterbrochen, als wir darüber reden wollten. Ich möchte dir nämlich etwas zeigen.«

»So?« Femke setzte sich wieder zu ihr an den Tisch. »Was denn?«

»Dürfte ich dafür einmal deinen Laptop haben?«

»Bitte.« Femke reichte ihn ihr.

Alida nahm das Notebook entgegen und stellte es neben ihren Teller. Sie tippte auf der Tastatur herum, drehte es schließlich so, dass Femke den Bildschirm sehen konnte, und erklärte: »Das ist mein Blog.«

»Sieht sehr interessant aus«, sagte sie anerkennend. »Die Bilder von der Weihnachtsdeko im *Strandhuus* machen sich online wirklich gut.«

»Ja, aber das Beste daran ist, dass ich eine feste Fan-Base habe. Mein Blog wird ca. 50000 mal pro Woche aufgerufen. Meine Fotos und Beiträge haben eine große Reichweite, und deswegen hab ich eine tolle Idee!«

»Du machst mich neugierig!«

Alida erzählte Femke von Frau Brandts Jugendstilvilla, die sie ursprünglich für die geplante Weihnachtssendung dekorieren wollte. »Allerdings wurde das, wie du ja weißt, plötzlich abgesagt, weil die Einschaltquoten nicht hoch genug waren. Schließlich kam mir der Einfall, wie ich nicht nur ein bisschen die Werbetrommel für dein Adventsfest rühren könnte, sondern auch mein weihnachtlich dekoriertes Haus doch noch realisieren kann. Was hältst du davon, wenn ich euren Haubarg in einen friesischen Weihnachtstraum verwandeln würde und die Arbeit auf meinem Blog dokumentiere? Dabei könnte ich auch auf dein Adventsfest hinweisen und somit die Leute neugierig machen. Das wäre für uns beide doch super.«

»Das klingt einfach grandios! Wirklich eine tolle Werbeaktion für unseren Laden«, sagte Femke begeistert. »Aber hast du denn alles, was du dafür brauchst?«

Alida winkte ab. »Ich habe in meinem Bestand genug Dinge, die wir verwenden können, außerdem möchte ich einiges selber herstellen. Dann machen wir es also?«

Femke nickte begeistert.

»Toll!« Alida schmierte Butter auf eine Brötchenhälfte, und Femke holte die Kanne mit dem frisch aufgebrühten Kaffee.

Während Alida frühstückte, schmiedete sie mit Femke Pläne für das Adventsfest. Sie machte erste Deko-Vorschläge, und Femke schrieb alles mit. »Durch die Werbung auf meinem Blog kommen bestimmt mehr Leute als sonst«, gab Alida zu bedenken.

»Das soll mir recht sein. Je mehr, umso besser«, sagte Femke.

Plötzlich ließ Inge Cleves ihr Rätselheft sinken und erhob sich wortlos. Sie ging zu den Küchenschränken und suchte Backutensilien daraus hervor. Sie stellte eine Schüssel auf die Arbeitsfläche und ein Handrührgerät. Danach folgten Backpapier und ein Schneebesen. »Wo war das noch mal?«, murmelte sie vor sich hin.

»Was hast du eigentlich vor, Oma?« Femke beobachtete kopfschüttelnd ihren plötzlichen Aktionismus.

Die alte Dame zog nun eine Schublade nach der nächsten auf und fand schließlich das, wonach sie gesucht hatte: Eine Teigrolle aus Holz. »Plätzchen backen, natürlich. Oder glaubst du, die machen sich von selbst?«

»Du willst die Plätzchen doch nicht für das Adventsfest backen?«, fragte Femke ungläubig.

»Selbstverständlich. Wofür denn sonst?« Femkes Oma war voller Elan. »Wie viele Besucher werden denn kommen?«

»Ja, das ist eine gute Frage. Definitiv mehr als letztes Jahr«, antwortete Femke vage und schaute Alida hilfesuchend an.

»Hundert«, warf Alida spontan in den Raum. Sie hatte Femkes stummen Hilferuf verstanden. »Eventuell sogar hundertfünfzig«, korrigierte sie ihre Angabe nach oben, damit die alte Dame einsah, dass sie unmöglich für so viele Leute Kekse backen konnte.

Inge seufzte und stemmte eine Hand in die Hüfte. »So viele Leute?«

»Ich denke schon«, bestätigte Femke. »Wie wäre es, wenn wir das Backzubehör wieder wegpacken und du dich stattdessen um deine Patienten in der Puppenwerkstatt kümmerst?«

»Hier wird gar nichts weggepackt«, sagte Femkes Großmutter bestimmt und fuchtelte dabei mit der Teigrolle in der Luft herum. »Ich brauche Hilfe, um für die Gäste Weihnachtsblütenkekse zu backen. Die Zwillinge sollen mir zur Hand gehen, wenn sie ihre Hausaufgaben erledigt haben. Backen macht ihnen Spaß, und zu dritt schaffen wir das. Es ist alles eine Frage der Organisation. Früher habe ich Kekse und Kuchen für jedes Kirchenfest in Nebel gebacken. Da werde ich es wohl gerade noch schaffen, genügend Kekse für dein Adventsfest zu machen. Ich sehe gleich mal in der Vorratskammer nach, ob wir noch ausreichend selbst gemachte Marmelade für die Kekse haben.« Sie setzte sich gut gelaunt in Bewegung, um die Speisekammer zu durchforsten, die von der Diele abging. Als sie zurück in die Küche kam, trug sie zwei Einmachgläser in ihren Händen. »Könnt ihr mir noch Mehl und Zucker aus der Vorratskammer holen?«

»Ja, sicher. Seit wann machst du deine Blütenkekse denn mit Pflaumenmus?«, fragte Femke sie.

»Wieso Blütenkekse? Das Pflaumenmus ist für die Füllung meiner Friesentorte.« Sie stellte die Gläser auf ein Tablett, das sich auf der Arbeitsplatte befand. »Den Kuchen mache ich doch immer mit Pflaumenmus nach dem alten Familienrezept meiner Urgroßmutter. Kannst du dich daran etwa nicht mehr erinnern, Femke?« Sie schaute ihre Enkelin besorgt an.

»Doch, doch. Stimmt, der Käsekuchen, ja. Jetzt fällt es

mir wieder ein. Habe gerade etwas verwechselt. Wir holen geschwind das Mehl und den Zucker für dich«, sagte Femke schnell und schob Alida, die inzwischen zu Ende gefrühstückt hatte, aus der Küche.

Während Inge und Femke sich in der Küche ans Werk machten, um einen Friesischen Käsekuchen zu backen, widmete sich Alida derweil ihrem Blog. Das Adventsfest wollte sie durch Fotos des Haubargs auf ihrer Seite anpreisen, also machte sie aus verschiedenen Perspektiven Bilder von dem schneebedeckten Reetdachhaus, lichtete den urigen Antiquitätenladen ab, den gemütlichen Wohnraum mit Kamin und den Treppenaufgang mit dem antiken Holzgeländer. Sie lud die Bilder hoch und stellte ihren Blogeintrag mit dem Titel *Friesischer Weihnachtstraum* online. Es dauerte nicht lange, bis die ersten interessierten Kommentare ihrer Abonnenten eintrudelten, nachdem sie das Fest angekündigt hatte. Viele waren interessiert, und Alida freute sich. Femke konnte sich auf einen ordentlichen Anstieg der bisherigen Besucherzahlen einstellen.

»Das läuft besser an, als ich gehofft habe«, sagte Alida ein paar Tage später zu Thomas, mit dem sie zum versprochenen Abendessen verabredet war. Sie hatten sich nach Ende von Thomas' Schicht in dem Fischrestaurant getroffen. Nun saßen sie nebeneinander am Tresen, weil an keinem der Tische mehr Plätze frei gewesen waren. Die Stühle waren platzsparend nah nebeneinander aufgestellt worden. So nah, dass Alida Thomas' Aftershave riechen konnte, das einen angenehmen Duft nach Minze und Limette verströmte. Alida erzählte ihm von den Plänen, die sie zusammen mit Femke geschmiedet hatte.

»Wunderbar!« Thomas biss in seinen Matjes auf Schwarzbrot und trank anschließend einen Schluck Bier.

»Sollten wirklich alle Leute kommen, die sich bis jetzt angekündigt haben, werden es mehr als hundertfünfzig Personen«, meinte Alida.

»Oje. Dann reichen Omas Kekse nicht aus. Das wäre eine Katastrophe für sie. Vielleicht sollten wir vorsichtshalber welche dazu kaufen und sie unter ihre mischen«, schlug er gut gelaunt vor.

»Eventuell ist das gar nicht nötig. Wenn deine Oma mit Leni und Lasse nämlich weiter in dem Tempo Kekse backt, dann haben wir bis dahin genug, um zwei Adventsfeste feiern zu können.«

Thomas lachte. »Das klingt nach meiner Oma. Und nach meiner Nichte und meinem Neffen.«

»Die drei sind ein perfekt eingespieltes Team«, stellte Alida fest und spießte das letzte Stück ihres Backfischs mit der Gabel auf.

»So wie wir, meinst du?«, fragte er sie grinsend und sah sie vielsagend an.

»Ist vergleichbar, würde ich sagen.« Alida nickte und trank den Rest ihrer Weißweinschorle, wobei ihr Ellenbogen zufällig Thomas' Arm berührte.

Thomas tupfte sich den Mund an einer Serviette ab und schob den Teller von sich. »Das war lecker!«

Schließlich gab Alida der Bedienung ein Zeichen, dass sie zahlen wollte.

»Wollen wir uns draußen noch ein wenig die Füße vertreten?«, bot er an.

»Gerne.«

Auf der Seebrücke leuchteten die Lichter der gelben Laternen. Der Schnee war an die Seite gekehrt und der Weg mit Rollsplitt gestreut worden, sodass man gut mittig auf den Holzbohlen gehen konnte. Neben der Brücke lagen die weitläufigen Salzwiesen, verborgen von der Dunkelheit des Abends. Alida drehte sich um und sah viele kleine Lichter, die zu den Hotels an der Strandpromenade gehörten. Es war nahezu windstill, und sie waren um die Uhrzeit fast die einzigen Spaziergänger auf der Brücke.

»Ich wollte dir noch was sagen.« Thomas berührte sie mit einer Hand sachte am Arm, damit sie stehen blieb.

Alida drehte sich zu ihm um und schaute ihn erwartungsvoll an. »Ja?«, fragte sie.

»Na ja«, druckste er herum und blickte dabei ein wenig verlegen auf den Boden. Nach einer Weile hob er seinen

Blick und schaute sie wieder an. »Ich muss mich wohl endlich bei dir entschuldigen.«

Alida zog erstaunt die Augenbrauen hoch. »Entschuldigen? Wofür das denn?«

Er ging zum Geländer der Brücke und lehnte sich mit dem Rücken dagegen. »Ich habe mich anfänglich absolut unmöglich dir gegenüber verhalten. Wie ein Vollidiot!«

»Ach«, winkte Alida ab. »Das habe ich längst vergessen. Ich weiß ja jetzt, dass du kein Vollidiot bist. Für mich ist es egal, was am Anfang gewesen ist. Was für mich zählt, ist das Jetzt und nicht das Gestern.«

»Für mich aber nicht«, widersprach er ihr. »Ich möchte dir wenigstens erklären, warum ich mich wie der letzte Depp aufgeführt habe. Das ist mir wichtig.«

»Okay.« Alida lehnte sich neben ihm an das Geländer und wartete gespannt.

»Also, der wahre Grund für mein blödes Verhalten war nicht, dass ich gedacht habe, dass du eine durchgeknallte Fernsehmoderatorin bist.«

»Nicht?« Sie verschränkte die Arme vor der Brust.

»Nee.«

»Was war es denn dann?«

»Es ist eigentlich das Gegenteil der Fall …« Er ließ den Satz unvollendet.

Alida sah ihn verständnislos an, bis ihr plötzlich dämmerte, was er damit meinte. »Ach so …«

»Ich wollte mich einfach schützen, verstehst du?«, fragte er und deutete auf sein Herz.

Alida schluckte, versuchte aber die Fassung zu bewahren. »Femke hat mir davon erzählt. Tut mir leid, was dir mit deiner Ex passiert ist.«

»Ach. Schon gut.« Er machte eine wegwerfende Handbewegung. »Das habe ich längst abgehakt.«

»Na dann, Schwamm drüber.« Sie wandte für einen kurzen Moment den Blick von ihm ab, dann lächelte sie ihn an.

Thomas rückte näher zu ihr und nahm ihre Hand in seine. Alida spürte, wie ihr Herz stark zu pochen begann und ein Rauschen ihre Ohren erfüllte. Ihre Gelassenheit schwand dahin. Was passierte hier?

Er kam noch ein Stück näher, und sie konnte wieder den Duft seines Aftershaves riechen. Seine Augen funkelten wie der Mond auf einem spiegelglatten See. Er lächelte sie an, und um seine Mundwinkel bildeten sich Grübchen, die Alida bei Männern ungemein attraktiv fand.

Das Knistern zwischen ihnen konnte man förmlich hören. Alida atmete tief durch und versuchte, ihren Herzschlag unter Kontrolle zu bringen. Langsam beugte sich Thomas zu ihr und küsste sie sanft auf die Lippen.

Alida schloss die Augen und gab sich ganz dem Kuss hin. Seine Lippen waren weich und warm. Sie fühlte sich in dem Moment berauscht und so von Glück erfüllt wie seit Jahren nicht mehr. Ein Schauer lief ihr über den Rücken. Sie genoss diesen unbeschreiblichen Augenblick von ganzem Herzen. Was für eine perfekte Überraschung an einem verschneiten Winterabend am Meer.

16. Kapitel

Das durchdringende Wecksignal ihres Handys riss Alida gnadenlos aus ihren Träumen. Sie fuhr abrupt hoch und musste einen Moment überlegen, wo sie war. Mit halb geschlossenen Augen tastete sie nach der Jacke, die sie gestern achtlos über den Stuhl vor dem Schreibtisch geworfen hatte, bevor sie ins Bett gefallen war. Aus einer Jackentasche zog sie ihr Smartphone und drückte hastig die Off-Funktion des Handyweckers. Sogleich erstarb das Signal, und sie ließ sich zurück ins Bett fallen. Nur noch fünf Minuten, dachte sie und schloss wieder die Augen. Letzte Nacht war es spät geworden. Ziemlich spät, um genau zu sein. Bei der Erinnerung an den gestrigen Abend musste Alida unwillkürlich lächeln. Sie konnte es immer noch nicht glauben, aber es war tatsächlich passiert. Er hatte sie geküsst. Thomas hatte sie wirklich geküsst! Hatte Carolin recht behalten mit ihrer Vorhersage, dass sie sich wieder verlieben würde? War das gestern passiert? Hatte sie sich verliebt? Sie dachte an Thomas und fühlte dabei bewusst in sich hinein. Eine kribbelige Vorfreude auf ihre heutige Verabredung mit ihm breitete sich in ihr aus. Sie fühlte sich wunderbar leicht. Genüsslich reckte und streckte sie sich und schwang dann ihre Beine aus dem Bett.

Nach einer schnellen Dusche ging sie hinüber in den Haubarg. Sie hatte einen Bärenhunger.

Femke brühte gerade frischen Kaffee auf. Es roch himmlisch.

»Guten Morgen«, grüßte Alida sie und setzte sich an den Tisch.

»Guten Morgen, Alida. Der Kaffee ist gleich fertig. Ach übrigens, Thomas hat gerade angerufen und mir erzählt, dass ihr heute verabredet seid, um einen Weihnachtsbaum zu kaufen.«

»Richtig. Er wollte mich gegen Mittag abholen«, bestätigte Alida und hielt sich eine Hand vor den Mund, weil sie gähnen musste.

»Die Sache ist die, normalerweise suche ich jedes Jahr den Weihnachtsbaum aus, und deswegen wollte ich fragen, ob ihr mich mitnehmt.«

»Oh. Wirklich? Das wusste ich nicht. Eigentlich wollte ich den Baum auch nur besorgen, weil ich dir ja bei der Weihnachtsdeko für das Fest helfen wollte und ein Weihnachtsbaum natürlich nicht fehlen darf«, erklärte Alida. »Hätte ich gewusst, dass es bei euch eine Art Tradition ist, dass du dich um den Baum kümmerst, hätte ich dich natürlich sofort gefragt, ob du dabei sein willst.«

»Ist ja kein Problem. Aber dann ist es okay, wenn ich mitkomme?«, fragte Femke noch einmal.

»Selbstverständlich«, versicherte Alida ihr. »Ich verstehe gar nicht, warum du das überhaupt fragst.«

»Na ja …« Femke grinste Alida von der Seite an. »Ich habe gestern zufällig gesehen, wie dich Thomas nach Hause gebracht hat. Deswegen war ich mir nicht so sicher, ob ihr mich überhaupt dabeihaben wollt.«

»Oh.« Alida konnte nicht verhindern, dass sie leicht errötete. Sie wusste natürlich genau, was Femke gesehen hatte. Dass sie wie Teenager küssend in der Einfahrt gestanden hatten, perfekt ausgeleuchtet von der Straßenlaterne, und sich nicht voneinander hatten trennen können. »Ich würde mich freuen, wenn du dabei bist«, fügte sie hinzu, um ihre Verlegenheit zu überspielen.

»Prima!«, sagte Femke erfreut.

Thomas kam wie verabredet mittags im Haubarg vorbei und kam direkt in die Küche, in der es mittlerweile köstlich nach gebackenem Spekulatius duftete. Inge tobte sich dort wieder aus. Thomas begrüßte Alida mit einem schüchternen Grinsen und einem Kuss auf die Wange.

»Das ist doch was ganz Normales, kein Grund sich zu schämen«, kommentierte seine Großmutter sogleich den Kuss. Ihren scharfen Augen war Alidas anfängliche Verlegenheit nicht verborgen geblieben.

»Bleibt in der Familie, und wir wissen es ja eh.« Femke zwinkerte ihnen zu. »Ich komme übrigens mit zum Baumkaufen«, freute sie sich und grinste Thomas an. »Fahren wir mit meinem Kombi? Da passt ein großer Baum gut rein.« Femke hatte den Autoschlüssel schon in der Hand. »Bis später, Oma, tschüss.«

»Tschüss, ihr drei«, sagte Inge zum Abschied. »Und Thomas, komm doch nachher noch mal zu mir, damit ich dir Spekulatius mitgeben kann. Bis ihr wieder zurück seid, sind die Kekse abgekühlt.«

Sie fuhren in Femkes Kombi zu dem Gutshof in das ungefähr zwölf Kilometer entfernte Garding. Alida musste unwillkürlich an ihren Besuch bei Herrn Storm im Seniorenstift denken.

Auf dem Hof wurden sie schnell fündig. Ihre Wahl fiel auf eine hochgewachsene Nordmann-Tanne, die auf einer dänischen Plantage gewachsen war. Auf dem Rückweg nach St. Peter-Ording schauten sie noch in einem Laden nach passenden Kerzen für den Baum. Alida konnte sich nicht entscheiden und kaufte schließlich einen Satz weißer Kerzen und welche aus Bienenwachs.

»Steht er so richtig?«, fragte Thomas. Er kniete auf dem gefliesten Boden im Wohnraum und trug dicke Arbeitshandschuhe.

Alida trat einen Schritt zurück und begutachtete mit

prüfendem Blick den Standort der Tanne. »Vielleicht noch ein Stück nach links. Was meinst du, Femke?«

»Auf jeden Fall noch ein Stück nach links«, mischte sich Inge ein, bevor Femke antworten konnte. Sie saß in dem Ohrensessel und beobachtete das Aufstellen des Tannenbaums mit kritischem Blick. »Sonst fängt der Baum noch Feuer, wenn der Kamin an ist«, gab sie zu bedenken.

Thomas rückte den Baum einen halben Meter vom Kamin weg. »Gut so?«

»Ja, so kann er stehen bleiben«, sagte Alida. »Dann können wir endlich mit dem Schmücken beginnen.«

»Dürfen wir dir beim Schmücken helfen?«, fragte Leni.

Alida beugte sich zu dem Mädchen hinunter und strich ihm über den Kopf. »Auf jeden Fall. Ihr müsst sogar.«

»Juhu«, freuten sich die Kinder und liefen zu den Schachteln mit Weihnachtsschmuck.

»In dem Kasten auf dem Tisch sind Strohsterne. Dann legt mal los«, sagte Alida zu den Zwillingen.

Inge Cleves erhob sich aus dem Ohrensessel und legte den Kindern jeweils eine Hand auf die Schulter. »Kommt, das machen wir zusammen.«

»Hast du in deinem Antiquitätenladen vielleicht noch altes Spielzeug?«, fragte Alida Femke.

»Ich muss mal nachsehen. Aber ein altes Schaukelpferd aus Holz könnte ich dir zum Beispiel anbieten. Das hat mein Opa mal selber gebaut. Ist bestimmt schon fünfzig Jahre alt.«

Thomas zog die Arbeitshandschuhe aus. »Ich werde mich vom Acker machen. Meine Schicht fängt bald an.«

»Vergiss deine Kekse nicht«, erinnerte ihn seine Oma und zeigte auf eine Blechdose, die auf einer Kommode stand.

Thomas griff nach der Dose. »Ah ja, danke. Die Kekse werde ich mir in der Pause schmecken lassen.«

Alida begleitete Femke und Thomas zur Haustür vom Haubarg. Femke ging hinüber zum Antiquitätenladen, und die Kinder waren im Wohnraum mit dem Tannenbaum beschäftigt. So waren Alida und Thomas für einen kurzen Moment ungestört.

»Viel Spaß beim Schmücken. Wir sehen uns morgen wieder.« Er nahm sie in den Arm und sah sie lange an. Alida beugte sich ihm entgegen. Er deutete das Zeichen richtig und gab ihr einen Kuss auf den Mund.

Alida schlang ihre Arme um seine Hüften. Sie war glücklich, spürte jedoch gleichzeitig einen leichten Abschiedsschmerz. »Schade, dass du nicht bleiben und beim Schmücken helfen kannst. Das hätte ich gut gefunden.«

Er lächelte. »Meine Deko-Künste beschränken sich auf Schirmchen und Fruchtschnitze. Deswegen muss ich mich jetzt auch beeilen, damit die Gäste im *Strandhuus* nicht auf dem Trockenen sitzen.«

»Alida, wo bist du denn?«, rief Leni von drinnen.

»Na, die kommen ja keine fünf Minuten ohne dich aus. Bis morgen.« Er küsste sie noch einmal.

»Tschüss.« Alida sah Thomas nach, bis er in sein Auto gestiegen und weggefahren war. In dem Moment piepste ihr Handy in der Gesäßtasche ihrer Jeans. Nanu? Sie hatte hier Empfang? Das war aber äußerst selten. Sie hatte eine Benachrichtigung über neue E-Mails bekommen, die sie später lesen wollte, wenn sie Zeit hatte. Das eilte nicht. Die Kinder riefen schon wieder nach ihr.

»Einen Moment!« Alida sah, wie sich die Tür vom Antiquitätenladen öffnete und Femke mit dem Schaukelpferd herauskam.

»Warte, ich helfe dir«, rief Alida Femke zu und lief ihr entgegen. Ihr Handy steckte sie wieder in die Hosentasche.

Zurück im Wohnzimmer stand Simon gerade neben dem Weihnachtsbaum auf einer Leiter. »Ist der Christstern gerade?« Er hatte den obligatorischen Stern auf die Spitze des Baums gesetzt.

Femke zeigte mit dem Daumen nach oben. »So einen schönen Weihnachtsbaum hatten wir noch nie.«

Simon stieg von der Leiter herunter. »Jo. Macht was her. Gefällt mir gut.«

Alida hängte noch etwas nostalgischen Papierschmuck und weiß getünchte Föhrenzapfen an die Zweige und stellte antikes Spielzeug darunter. »So, fast fertig. Fehlt nur noch das Schaukelpferd. Wo möchtet ihr es hinstellen?«

»Dahin«, sagte Leni und zeigte neben den Baum.

Femke platzierte es. »So?«

»Ja, sieht super aus! Die weißen Kerzen passen übrigens sehr schön zur Deko«, fand Alida. »So kann der Baum bleiben.«

»Ja«, kreischten die Zwillinge.

»Es fehlt noch etwas Geerbtes.« Aus einer Tasche ihrer Kittelschürze zauberte Femkes Oma einen weißen Engel aus Porzellan und einen roten Holzstern hervor. »Es ist Familientradition, dass der Engel und der Stern nicht fehlen dürfen. Leni und Lasse? Kommt mal, jeder eins.« Sie gab Leni den Engel und Lasse den Stern.

Die Kinder hängten den Schmuck feierlich an den Baum. »Jetzt kann das Christkind kommen«, sagte Leni mit glänzenden Augen.

»Sag bloß, du glaubst da auch noch dran?« Lasse verdrehte die Augen. »Mädchen.«

»Was meint ihr, kann ich den Baum so für meine Homepage fotografieren?«, fragte Alida in die Runde.

»Unbedingt.« Femke rückte das Schaukelpferd noch ein Stück näher an den Baum.

Ihre Großmutter schob die Brille auf ihrem Nasenrücken nach oben. »Gibt's nichts dran auszusetzen.«

Alida fotografierte den Baum aus allen Winkeln, legte sich dazu auf den Boden und kletterte auch auf die Leiter. Am Ende hatte sie über dreißig Fotos geschossen, aus denen sie fünf für ihren Blog auswählte. Während sie vor dem Computer saß, den sie sich erneut von Femke geborgt hatte, poppte plötzlich ein kleiner Briefumschlag auf dem Bildschirm auf und erinnerte sie daran, dass sich neue E-Mails in ihrem Postfach befanden.

Alida loggte sich in ihren E-Mail-Account ein und überflog die Nachrichten. Eine war von ihren Eltern, die wissen wollten, wann sie kommen wollte. Alida antwortete kurz, dass sie nach dem dritten Advent zu ihnen nach Lüneburg fahren wollte. In der Betreffzeile einer anderen Mail stand: *Anfrage für eine Dokumentation.* Den Namen des Absenders hatte sie irgendwo schon mal gehört, konnte ihn aber auf die Schnelle nicht zuordnen. Sie klickte auf die Nachricht. Beim Lesen wurden ihre Augen immer größer.

Sehr geehrte Frau Jacobsen,

durch Ihren Blog bin ich auf das geplante Adventsfest aufmerksam geworden. Ich bin TV-Produzent der Sendung »Old but Gold«. Wir sind begeistert von Ihrem Projekt und haben großes Interesse daran, kurzfristig eine Reportage über den weihnachtlichen

Antiquitätenladen und das Adventsfest zu drehen. Falls Sie ebenfalls Interesse haben, melden Sie sich gern, dann können wir alles Weitere besprechen.

Ich freue mich, von Ihnen zu hören.

Herzliche Grüße

Bernd Brüder
(Brüder-TV-Production)

Femke sah sie an. »Alles in Ordnung, Alida?«

»Ja, du wirst es nicht glauben. Ich habe gerade eine Anfrage von einer TV-Produktionsfirma bekommen, die einen Beitrag über das Adventsfest drehen will. Ist das nicht der Knaller? Die perfekte Werbung für uns beide!«

»Wow, das ist ja der Wahnsinn!«

Kopfschüttelnd las Alida die E-Mail laut vor. »Das würde deinem Laden einen ordentlichen Bekanntheitsschub bescheren. Und mir würde es auch helfen. Die Sendung ›Old but Gold‹ ist unglaublich erfolgreich im Fernsehen. Was Besseres hätte uns gar nicht passieren können«, sagte Alida euphorisch. Sie tippte die Antwort an den Produzenten und drückte auf *Senden*. »Ich habe gerade zugesagt.« Dann stand sie auf, ging um den Tisch herum und umarmte Femke. »Wir haben so ein Glück!«

»Ich krieg gleich keine Luft mehr, wenn du mich weiter so fest drückst«, japste Femke.

»Entschuldigung.« Alida lockerte ihre herzliche Umarmung und strahlte Femke an. »Das wird ganz toll. Du wirst schon sehen!« Sie war glücklich und hatte endlich wieder das Gefühl, Aufwind zu haben und auf dem richtigen Weg zu sein.

17. Kapitel

»Wie sehe ich aus? Geht das so? Oder soll ich mich noch mal umziehen?« Femke stand vor dem Spiegel in der Diele und zupfte sich zum gefühlt hundertsten Mal den Pullover zurecht.

»Du siehst super aus. Wirklich!«, versuchte Alida sie zu beruhigen. »Und es ist doch bloß der Kennenlerntermin. Ohne Kamera.«

»Trotzdem bin ich aufgeregt. Ich glaube, das nennt man Lampenfieber«, sagte sie und strich wieder über den Pullover. Dann nahm sie einen Kamm von der Ablage und fuhr sich damit durch die Haare.

»Wahrscheinlich bist du sogar enttäuscht, wenn der Produzent wieder fährt, weil er völlig normal ist und kein bisschen glamourös. Hinterher fragst du dich bestimmt, warum du dich überhaupt verrückt gemacht hast.«

Das half. Femkes Gesichtszüge entspannten sich merklich. »Wahrscheinlich stimmt das. Ich sollte dir als Profi vertrauen. Wie spät ist es eigentlich?«

Die Türklingel läutete.

»Na, der ist aber überpünktlich.« Alida griff nach Femkes Händen, die vor Aufregung ganz feucht waren. »Bist du bereit?«

Femke atmete tief ein und aus, dann nickte sie. »Ich bin bereit.« Sie öffnete erwartungsvoll die Haustür. »Ach, Oma! Warum klingelst du denn?«

Inge Cleves schob sich an Femke vorbei. »Ich habe keinen Haustürschlüssel mitgenommen. Warum auch? Du bist doch da.« Sie öffnete eine Henkeltasche, die neben dem Schuhschrank stand, und kramte darin. Danach durchsuchte sie die Schubladen des Schränkchens neben der Treppe, und schließlich drehte sie alle Taschen der Kleidung, die an der Garderobe hing, auf links. Zum Schluss ging sie ohne ein Wort Richtung Haustür.

»Was suchst du eigentlich?«, fragte Femke ihre Oma.

»Meine Brille«, antwortete sie und drehte sich zu Femke um. »Ich kann sie nirgends finden. Vorhin hatte ich sie noch, aber dann war sie plötzlich verschwunden.«

Femke deutete auf ihren Kopf. »Da ist sie doch.«

»Wo?« Oma Inge drehte sich um und schaute hinter sich.

»Entschuldigung. Darf ich mal?« Alida löste die Brille aus dem Haar der alten Dame und gab sie ihr. »Bitteschön.«

»Ach! Da ist sie ja.« Femkes Großmutter schaute verwundert auf die Sehhilfe in ihrer Hand. »Dann habe ich sie wohl einfach hochgeschoben und vergessen.«

Keine zwei Minuten später klingelte es erneut. Inge Cleves öffnete die Tür und musterte den Mann, der mit einer wuchtigen Umhängetasche vor ihr stand. »Moin, Moin! Was kann ich für Sie tun? Möchten Sie sich Antiquitäten ansehen?«

»Guten Morgen, mein Name ist Brüder. Bernd Brüder. Ich bin mit Frau Andresen und Frau Jacobsen verabredet«, antwortete er.

»Ach, mit meiner Enkelin, dann sind Sie der vom Fernsehen?«, fragte sie interessiert.

»So ist es.« Herr Brüder schaute über die alte Dame hinweg.

Femke drängelte sich an ihrer Oma vorbei. »Schön, dass Sie da sind, Herr Brüder, kommen Sie doch rein. Femke Andresen«, stellte sie sich vor.

»Falls ihr mich braucht, ich bin in der Werkstatt.« Inge Cleves setzte sich ihre Brille auf und dampfte ohne ein weiteres Wort ab.

»Guten Tag, Herr Brüder. Ich bin Alida Jacobsen«, begrüßte auch Alida den Produzenten. »Schön, dass Sie gekommen sind. Wir freuen uns wirklich sehr über Ihren Besuch und das Angebot.«

»Die Freude ist ganz auf meiner Seite.« Er schüttelte ihr die Hand und sah sich währenddessen in der Diele um. »Ein sehr schönes Haus. Sowohl von außen als auch von innen.«

»Herzlichen Dank.« Femke errötete leicht.

Sie hängte die Jacke des Produzenten auf einen Bügel und führte ihn ins Wohnzimmer. Dort war der Esstisch gedeckt. Eine Kanne Tee und Kaffee sowie die selbst gemachten Plätzchen ihrer Oma hatte sie für den Besucher vorbereitet. In der Mitte des Tisches stand ein Adventskranz, der mit Äpfeln, Pilzen und Beeren aus Kunststoff sowie Holzsternen verziert war. Die beiden brennenden Kerzen tauchten den Wohnraum in ein heimeliges Licht.

Herr Brüder setzte sich an den großen Tisch. »Gemütlich haben Sie es hier.«

Alida und Femke setzten sich ebenfalls.

»Kaffee oder Tee, Herr Brüder?«, fragte Femke.

»Kaffee bitte. Und einen festlichen Weihnachtsbaum gibt es auch schon. So geschmackvoll geschmückt. Ist das Ihr Werk, Frau Jacobsen?«, erkundigte er sich bei Alida.

»Zum größten Teil ja, aber Familie Andresen hat fleißig mitgeholfen. Das Adventsfest ist schon bald, und wir arbeiten alle Hand in Hand.«

»Da haben Sie recht, und deswegen sollten wir keine Zeit verlieren. Ich schlage vor, wir besprechen zunächst den groben Ablauf?«, schlug er vor.

»Ja, wunderbar«, antwortete Femke.

Femke und Alida erzählten Herrn Brüder, wie das Adventsfest ungefähr ablaufen würde. Sie erwähnten den Auftritt des Kirchenchors, den geplanten Verkauf von

Kaffee und Kuchen und natürlich die Möglichkeit zur Besichtigung des Haubargs und den Verkauf von Antiquitäten. Herr Brüder machte sich nebenbei Notizen auf einem Block. »Ein uriges Friesenhaus, das weihnachtlich geschmückt ist, mit einem Adventsfest und einem Chor, dazu noch stilvolle Antiquitäten, die wir filmen können«, zählte der Produzent zufrieden auf und sah Femke an. »Nostalgischer geht es kaum.«

Nach dem Vorgespräch führten Femke und Alida den Produzenten zum Nebengebäude.

Femke öffnete die Tür zum Antiquitätengeschäft. »Das ist unser Laden.«

Herr Brüder schaute sich interessiert um. Er nahm eine alte Spieluhr in die Hand und betrachtete sie ausführlich. »Das ist noch richtige Qualität.«

»Vor allem haben die Dinge noch eine Seele.« Inge Cleves stand plötzlich neben ihnen. Sie war unbemerkt aus ihrer Puppenwerkstatt gekommen und hatte sich zu ihnen gesellt.

Der Produzent schaute zu der alten Dame. »Ganz Ihrer Meinung, Frau …?«

»Cleves. Ich bin Inge Cleves.« Sie straffte die Schultern. »Mein Mann und ich haben damals den Antiquitätenladen zusammen mit meiner Puppenwerkstatt eröffnet.« In ihrer Stimme schwang unüberhörbarer Stolz mit.

»Eine Puppenwerkstatt gibt es hier auch? Sagen Sie bloß! Das ist ja interessant, das wusste ich gar nicht.«

»Sie ist gleich nebenan. Kommen Sie mit, ich zeige sie Ihnen«, forderte sie den TV-Produzenten auf. »Also, ich kann Ihnen einiges über unseren Haubarg erzählen. Das Haus steht unter Denkmalschutz, wussten Sie das?« Femkes Oma übernahm selbstbewusst die Führung.

Gemeinsam gingen sie in die Puppenwerkstatt. Die alte Dame erzählte, und Alida und Femke hielten sich währenddessen im Hintergrund.

»Meine Oma weiß so viel über die Geschichte des Haubargs und den Antiquitätenladen zu berichten, da kann ich nicht mithalten«, sagte Femke zu Alida, die dabei zusah, wie Inge Cleves Herrn Brüder ein Gemälde präsentierte, wobei sie allerhand Fachwissen über den Künstler und die Epoche preisgab.

»Was mich besonders beeindruckt, ist dieser Wandel von ihr. Vorhin war sie noch zerstreut, hat ihre Brille gesucht, obwohl sie in ihren Haaren steckte. Dabei wirkte sie fast ein wenig hilflos. Und nun steht da eine selbstsichere Frau, die allerhand weiß.«

»Es kommt bei ihr sehr auf die Tagesform an«, erklärte Femke.

Nach der Führung sicherte der TV-Produzent den Dreh für die Dokumentation zu. »Der Haubarg mit dem Adventsfest ist wirklich der ideale Drehort, um bei den

Zuschauern für Weihnachtsstimmung zu sorgen«, sagte er abschließend. »Ich melde mich in den kommenden Tagen wieder bei Ihnen, um die letzten Details vor dem Dreh zu besprechen.« Herr Brüder verabschiedete sich von Alida und Femke. Femkes Oma bekam sogar einen Handkuss von ihm, was ihr augenscheinlich gut gefiel.

Alida, Femke, Thomas und Simon wollten auf den geplanten Dreh anstoßen und den Abend im Restaurant Böhler Landgang ausklingen lassen. Das reetgedeckte Haus befand sich in unmittelbarer Nähe zum Deich und dem Böhler Leuchtturm. Über dem Eingang des Lokals prangte der Leuchtturm im Logo, und bei genauem Hinschauen konnte man den Lichtschein des Turms beim Speisen durch die Fenster erkennen. Das Essen schmeckte vorzüglich. Alida hatte sich Fjordlachs mit frischen Kräutern, Rieslingsoße und Kirschtomaten bestellt. Dazu gönnte sie sich ein Glas Weißwein.

Thomas prostete ihr mit einem Glas Bier zu. »Auf den Dreh.« Vor ihm dampfte ein Teller mit einem Stück Kabeljau in Dijon-Senfsoße und mit Salzkartoffeln. Als Beilage gab es hausgemachten Gurkensalat.

»Auf den Dreh«, wiederholte Alida und schaute ihm dabei tief in die Augen. In dem warmen Licht der Restaurantlampen schimmerten sie leicht grünlich.

Während sie in geselliger Runde aßen und tranken,

linste Alida immer wieder verstohlen auf das Display ihres Handys. Heute war der Abend, an dem Hans Olsen im *Seeteufel* wieder Seemannslieder sang. Sie wollte nicht ungemütliche Stimmung verbreiten, indem sie eher aufbrach, doch es blieb ihr wohl nichts anderes übrig. Sie war ihrem Ziel schon so nah. Daher war sie erleichtert, als sich zuerst Thomas verabschiedete, weil er seine Spätschicht im Hotel antreten musste, und kurz darauf auch Femke und Simon aufbrechen wollten.

Simon winkte dem Kellner.

»Vielen Dank für die Einladung«, sagte Alida. Sie erhob sich vom Tisch und hängte sich die Tasche um. »Ich verabschiede mich hier schon von euch, ich habe nämlich noch was vor. Ich habe gehört, dass im *Seeteufel* heute Seemannslieder gesungen werden. Das wollte ich mir gerne anhören, wenn ich schon mal hier bin. Ein bisschen Nordsee-Tradition muss schon sein.«

»Na, dann viel Spaß beim Liederabend.«

Alida nahm Femke zum Abschied in den Arm.

Wie die Gemeindebücherei von St. Peter-Ording lag auch die Kneipe an der Badallee. Vor dem Eingang des Lokals standen einige Raucher, die trotz deutlicher Minusgrade nicht auf ihre Zigaretten verzichten wollten. Von drinnen drang gedämpfte Musik nach draußen. Alida schob sich an den Leuten vorbei und ging hinein. Die Kneipe war brechend voll, und aus einer Jukebox ertönte *Rolling Home*, der Evergreen vieler Shanty-Chöre. Die Gäste sangen aus voller Kehle den Refrain mit und stimmten sich auf weitere Seemannslieder ein. Alida blickte sich um. Der *Seeteufel* war eine urige Seemannskneipe, die wie ein altes Seemannsschiff eingerichtet war. Fischernetze mit Strandgut hingen von der Decke herab. Ein altes Steuerruder war zu einer Lampe umfunktioniert worden. An den Wänden hingen Bilder von Schiffen und Kapitänen sowie Fotos von *Die Strandräuber*, dem heimischen Shanty-Chor aus St. Peter-Ording. Daneben waren Souvenirs der Seefahrt befestigt, schaurig-schöne Masken aus Indonesien und Speere afrikanischer Herkunft. Alida schob sich durch die Menschen, bis sie die rustikale Holztheke erreicht hatte, hinter der eine Wirtin Bier zapfte, die Alida auf mindestens fünfundsiebzig Jahre schätzte. An der Wand hinter ihr hingen rotweiße Rettungsringe, und über dem Thekenbereich war ein kleines Segelschiff mit Ketten an der Decke befestigt.

»Was bekommst du?« Ein junger Typ beugte sich ihr entgegen über die Theke.

»Ein Malzbier, bitte«, bestellte Alida.

»Bitteschön, macht zwei fünfzig.« Der Mann stellte eine Flasche und ein Glas auf zwei Bierdeckel.

Alida schob die Münzen über den Tresen. »Danke. Wann fängt denn der Liederabend an?«, fragte sie ihn über die Musik hinweg.

»Müsste in einer Viertelstunde losgehen. Hans fängt immer mindestens eine halbe Stunde später an, damit auch die Unpünktlichen von Anfang an dabei sein können.« Der Typ zwinkerte ihr zu.

»Aha. Verstehe.« Alida lächelte und schenkte sich Malzbier in das Glas ein. Sie trank einen großen Schluck und ließ ihren Blick durch die Kneipe schweifen. Dabei entdeckte sie neben der Jukebox einen Barhocker und davor einen Mikrofonständer. Da würde Hans Olsen also in wenigen Minuten seinen Auftritt beginnen. Sie griff in ihre Tasche und fühlte nach dem Brief, der Kette und dem Foto, um sich zu vergewissern, dass sie es nicht in ihrem Zimmer vergessen hatte. Nach dem Konzert wollte sie ihm Oma Nanis letzten Brief geben. So war jedenfalls ihr Plan.

Neben ihr wurde ein Barhocker frei, den sie sich sogleich schnappte. Von hier aus hatte sie einen guten Überblick. Sie trank ihr Malzbier aus und bestellte per Handzeichen noch eins. »Moin!« Ein schriller Mikrofonton erklang. »Ich bin Hans, und ich mach heute ein büschen Musik für euch.« Applaus brandete als Antwort auf. Freudige Pfiffe erklangen.

Alida drehte ihren Kopf in die Richtung der Jukebox. Unbemerkt hatte sich dort ein älterer Herr mit Gitarre vor dem Mikrofon positioniert und stimmte nun die ersten Klänge eines Liedes auf dem Instrument an. *Seemann lass das Träumen*, das alte Lied von Freddy Quinn, sangen viele Gäste begeistert mit. Doch Alida hörte es kaum. Sie schaute dem Mann fasziniert beim Musizieren zu. Er war es – da war sie sich sicher. Die Ähnlichkeit zu dem Mann auf dem Foto war unverkennbar. Sie konnte es nicht fassen, dass sie ihn tatsächlich gefunden hatte. Dass sie Omas Hans gefunden hatte. Den Mann, mit dem ihre Oma 1949 vor einem Pfahlbau für ein Foto posiert und den sie bis zu ihrem Tod nicht vergessen hatte. Bei dem Gedanken überlief Alida ein Schauer. Sie lauschte den Liedern und war überrascht, als Hans plötzlich das letzte Lied ankündigte. Alida hätte ewig in dieser Kneipe sitzen bleiben und der Musik zuhören können. Die Atmosphäre hatte sie gefangen genommen. Umso erstaunter war sie, als sie mit einem Blick auf die Uhr feststellte, dass fast zwei Stunden vergangen waren.

Hans packte seine Gitarre in einen Koffer und kam zur Theke, wo er gleich von den Gästen umringt wurde, die ihm wohlwollend auf die Schulter klopften und ihm ein Bier ausgeben wollten.

Alida beobachtete ihn aus einem gebührenden Abstand. Was ihr sofort auffiel, waren seine lebendigen Augen, die vor Freude strahlten. Er wirkte viel jünger. Vielleicht war dies auch eins der Geheimnisse von alten Menschen, dass sie im Herzen jung geblieben waren und Dinge taten, die ihnen Freude bereiteten.

Sie wartete ab, bis der Andrang um Hans Olsen nachgelassen hatte. Dann trank sie noch einen Schluck Malzbier und nahm all ihren Mut zusammen. Sie ging zu ihm hinüber und sprach ihn an: »Es war wirklich ein ganz toller Auftritt. Die Zeit ist so schnell vergangen. Ich hätte Ihnen noch ewig zuhören können.«

»Oh, das ist aber nett. Vielen Dank, junges Fräulein!« Der alte Mann freute sich sichtlich und schaute sie vergnügt an.

»Ich bin heute das erste Mal hier«, fügte Alida hinzu.

»Dann hoffe ich, dass Sie auch ein zweites Mal kommen.«

»Ja, mal sehen, wie lange ich noch hierbleibe. Ich bin nur zu Gast. Eigentlich wohne ich in Berlin«, erklärte sie.

»Und was hat Sie zu uns an die Küste verschlagen?«, fragte er interessiert.

»Ach, ich wollte ein paar Tage entspannen, und ich helfe nächstes Wochenende beim Adventsfest von Familie Andresen.« Alida blieb vage, sie wollte ihm noch nicht den wahren Grund verraten, warum sie wirklich nach St. Peter-Ording gereist war.

»Ist das Fest schon nächstes Wochenende? Kinder, Kinder, wie die Zeit rennt. Ich habe Inge versprochen zu kommen. Gut, dass Sie mich daran erinnern.«

»Sie kennen Inge Cleves?«, fragte Alida überrascht.

»Schon seit Jahrzehnten. Meine Frau hat im gleichen Chor gesungen wie sie. Und außerdem kennt in St. Peter ja sowieso jeder jeden. Hier kann man gar nicht für sich sein. Selbst wenn man wollte.« Er lachte.

Ein Mann kam auf Hans Olsen zu, anscheinend wollte er sich ebenfalls mit ihm unterhalten.

Das war ja alles verrückt! Alida musste an ihre anfängliche Idee denken, Femkes Großmutter nach Hans zu befragen. Hätte sie Inge Cleves damals das Foto gezeigt, dann hätte sie vermutlich gar nicht erst nach ihm suchen müssen.

»Na, dann sehen wir uns doch bestimmt auf dem Fest«, sagte sie schnell und verabschiedete sich, weil sie sah, dass der junge Mann nun ein Gespräch mit Hans Olsen anfangen wollte.

»Ja, das tun wir bestimmt. Bis dahin«, sagte Hans und hob grüßend die Hand.

Alida ging zum Ausgang. In ihrem Auto legte sie ihre Tasche mit dem Päckchen auf den Beifahrersitz. Der *Seeteufel* war nicht der passende Rahmen gewesen, um mit Hans Olsen über ihre Oma zu sprechen. Dafür war es dort viel zu voll und zu laut gewesen. Das Adventsfest würde sich besser eignen. Dort ergab sich bestimmt die Möglichkeit, in Ruhe zu reden und kurz ungestört zu sein. Oma Nani hatte die Weihnachtszeit ebenso gerne gemocht wie sie. Alida war sich sicher, dass es ihr gefallen würde, wenn sie Hans Olsen ihren Brief bei weihnachtlichen Klängen überreichen würde. Noch einmal schaute sie zur Kneipe. Ja, beim Adventsfest würde sie Hans den Brief geben. Das fühlte sich richtig an. Alida startete den Motor und fuhr zurück zum Haubarg.

18. Kapitel

»Ist die Lichterkette schief?«, fragte Alida. Sie stand auf einer Leiter und hatte Lämpchen in Sternform von außen über dem Eingang zum Antiquitätenladen angebracht.

»Nein, alles gerade.« Femke zeigte ihr einen erhobenen Daumen.

»Super! Mach das Licht bitte mal an.«

»Einen Moment.« Femke verschwand im Haus.

Geschickt kletterte Alida von der Leiter und stellte sich vor das Haus. Die Lichter gingen an, und Smudo verfiel daraufhin in wildes Kläffen. »Das Sternenlicht ist schön stimmungsvoll«, rief Alida gegen das Hundebellen an.

Femke war wieder neben ihr. »Total schön. Sehen fast wie echte Sterne aus, die Lämpchen. Das war eine gute Idee von dir.« Femke klopfte dem Hund beruhigend auf den Rücken. »Und du brauchst dich gar nicht so aufzuregen, das sind bloß Lichter. Reg dich mal lieber auf, wenn Einbrecher kommen.«

Alida holte eine To-do-Liste aus ihrer Hosentasche hervor und entfaltete sie. »Den Punkt kann ich auch abhaken.« Sie machte ein Häkchen auf dem Zettel.

»Gut, was ist noch zu tun?«, fragte Femke.

»Eine Sekunde.« Alida ging die Aufgaben auf der Liste durch. »Wir sind fast fertig. Es müssen nur noch die Lichterketten an den Bäumchen neben der Einfahrt angebracht werden.«

Femke und Alida trugen jeweils eine Kiste mit Leuchtketten, die sie neben den kleinen Tannen an der Straße abstellten. »Ich nehme die linken und du die rechten Bäumchen?«, schlug Femke vor.

»Einverstanden«, stimmte Alida zu und begann damit, die Lichter an den Zweigen zu befestigen. Sie arbeiteten eine Weile schweigend vor sich hin.

»So. Ich bin fertig«, sagte Femke und nahm mit einer Hand die leere Kiste.

»Bin auch gleich so weit.« Alida befestigte das letzte Stück der Leuchten. »Geschafft.«

»Ich laufe mal schnell ins Haus und schalte die Lichter an.«

»Okay, ich warte hier.«

Femke zog die Kabel hinter sich her, als sie zum Haus ging.

Ein paar Minuten später funkelten überall Lichter im Garten des alten Bauernhauses. Alida blinzelte ein paarmal gegen das Strahlen an.

Femke kam wieder und war begeistert. »Wow! Was für ein Lichterglanz.«

»Wie schön es geworden ist«, stimmte Alida ihr zu. »Richtig weihnachtlich.«

Femke seufzte. »Und du willst uns wirklich nach dem Adventsfest verlassen?«

»Ja. Ich habe es meinen Eltern versprochen, und ich freue mich auch auf zu Hause. Weihnachten ist schließlich ein Familienfest. Bestimmt komme ich bald wieder.« Alida zwinkerte Femke zu.

Der nächste Tag war der Tag des Festes. Inge Cleves stand in weißer Spitzenbluse und dunkelblauer Wolljacke zusammen mit ihren Damen vom St. Peter-Kirchenchor vor dem Haubarg und sang aus voller Kehle. Vor ihnen flackerten Kerzen in Windlichtern, und dahinter sorgte das Fernsehteam für die optimale Beleuchtung. Die Kamera zoomte nah an die gut ausgeleuchteten Gesichter der Sängerinnen heran. In der Mitte des Grundstücks brannte ein Lagerfeuer, an dem die Gäste Stockbrot und Kartoffeln rösten konnten. Leni und Lasse verkauften gemeinsam die selbst gemachten Plätzchen ihrer Urgroßmutter und Kuchen, dessen Bestand sich langsam dem Ende zuneigte. Simon schenkte Glühwein und alkoholfreien Punsch an die zahlreichen Besucher aus. Femke führte interessierte Leute durch den festlich dekorierten Haubarg und den Antiquitätenladen. Alida sorgte dafür, dass alles klappte, und gab auf Wunsch auch Autogramme oder machte Fotos zusammen mit den Besuchern. Zwischenzeitlich ließ sie immer wieder ihren Blick über die Besucher schweifen und hoffte, sie würde Hans Olsen unter ihnen entdecken.

Etwas später zog Femke Alida beiseite. »Es läuft ganz gut, ich habe schon drei Sachen verkauft. Ein Gemälde, ein Tafelservice und eine antike Taschenuhr.«

»Das ist ja wunderbar!« Alida strahlte sie an.

Der TV-Produzent kam auf sie zu und reckte den Daumen. »Das wird eine fantastische Sendung«, freute er sich. »Wir wollen noch ein paar Aufnahmen mit Ihnen und Frau Andresen machen. Gehen Sie doch am besten gleich zu Jolanda zum Abpudern.«

Das TV-Team hatte in einer Ecke vom Antiquitätenladen provisorisch eine Maske eingerichtet, die aus einem Tisch mit Spiegeln und einer Stehlampe bestand. Die junge Visagistin mit dem langen braunen Zopf puderte Alida und Femke ausgiebig ab und verpasste ihnen dazu noch ein kamerataugliches, aber natürliches Make-up.

»Meine Güte, ist das aufregend«, kicherte Femke, als sie fertig war.

»Wir stellen kurz das Licht ein«, sagte ein junger Typ mit Vollbart, der zur Kamera-Crew gehörte.

Alida zündete indessen die weißen Kerzen am Tannenbaum an. Danach wurde sie vom Fernsehteam so platziert, dass der prasselnde Kamin und der nostalgische Tannenbaum mit dem Schaukelpferd gut im Bild zu sehen waren. Alida bewegte sich gewohnt professionell vor der Kamera, beantwortete gekonnt die Interviewfragen und gab den Zuschauern zum Schluss Tipps für die perfekte Weihnachtsdekoration.

»Vielen Dank, Frau Jacobsen. Dann filmen wir jetzt Frau Andresen im Antiquitätenladen.«

Als Alida aus dem Haubarg nach draußen trat, sang Inge Cleves' Kirchenchor *Stille Nacht*. Die Besucher drängten sich nicht nur um die Sänger auf dem Hof, sondern auch vor dem Antiquitätenladen, in dem das Kamera-Team filmte. Alida mischte sich unter die Gäste. Das Fest schien ein voller Erfolg zu werden. Die Kombination aus Adventsfest mit Chor, nostalgischem Friesenhof-Charme, TV-Dreh und einer bekannten Fernsehmoderatorin fand großen Anklang bei den Besuchern.

Alida schlenderte zum Antiquitätenladen und sah dort beim Dreh zu. Femke machte ihre Sache gut und wirkte ganz entspannt.

Nachdem alle Sequenzen abgedreht waren, kam Herr Brüder auf Alida zu. »Hätten Sie vielleicht einen Moment Zeit für mich?«, fragte er sie.

»Natürlich. Sehr gerne.«

»Gehen wir kurz vor die Tür?«, schlug er vor.

»Wir könnten ein Glas Punsch trinken, falls noch was davon übrig ist«, meinte Alida, und Herr Brüder nickte lächelnd.

Sie hatten Glück, der Punsch- und Glühweinstand war noch nicht ausverkauft, und Simon füllte ihnen das wärmende weihnachtlich riechende Getränk in Henkeltassen und reichte sie ihnen.

Mit ihren dampfenden Tassen setzten sich Alida und der TV-Produzent auf eine Bank, die abseits vom Haus im Garten stand.

»Ich habe mir vorhin schon einen Überblick von unserem Filmmaterial verschafft und bin begeistert. Ihre Bildschirmpräsenz ist einfach phänomenal, Frau Jacobsen.«

»Oh, Dankeschön, das freut mich zu hören. Besonders nach den letzten Wochen. Sicherlich wissen Sie, dass meine Sendung abgesetzt wurde.«

»In der Tat. Darüber weiß ich Bescheid. So was spricht sich natürlich schnell in der Branche rum«, räumte er ein.

Alida nickte und trank einen Schluck.

»Wie dem auch sei. Mich haben Sie jedenfalls überzeugt, und deswegen möchte ich die Gelegenheit beim Schopfe packen und Ihnen kurzerhand ein Angebot machen. Was würden Sie davon halten, zukünftig als Wohnexpertin eine neue TV-Sendung zu moderieren, die sich mit dem Thema Do-it-yourself und alten Möbeln beschäftigt? ›Aus alt mach neu‹, eine Mitmach-Sendung für das öffentlich-rechtliche Fernsehen. Da sind Sie ja nicht ganz so abhängig von den Werbeeinnahmen.« Er zwinkerte ihr zu.

»Wirklich?«, fragte Alida überrascht. »Das Konzept hört sich toll an, können Sie mir mehr darüber verraten?«

»Es soll eine wöchentliche Sendung sein, in der Sie den Zuschauern zeigen, was sie aus ihren alten Schätzen mit wenig Aufwand machen können.« Herr Brüder erläuterte Alida die Details, und sie hörte ihm interessiert zu und stellte hin und wieder Fragen. Am Ende seiner Erzählung war sie begeistert.

»Das klingt toll, zumal mir auch eine Idee kam, die mit Do-it-yourself-Produkten zu tun hat. Ich bin sehr interessiert!«, rief sie freudig.

Alida und der TV-Produzent stießen schon einmal auf die zukünftige Zusammenarbeit an. Sie sammelten Ideen, und Alida erwähnte bei der Gelegenheit auch Frau Brandts wunderhübsche Jugendstilvilla, eine ideale Kulisse, in der es vor alten Möbeln nur so wimmelte, die man mit wenigen Kniffen aufpeppen und neu in Szene setzen konnte. Ihr war bewusst, was für ein Glück sie hatte. Doch sie wurde auch ein wenig traurig. Morgen würde sie wieder nach Hause fahren, und obwohl sie sich in Thomas verliebt hatte, hatten sie bislang nicht darüber gesprochen, wie es mit ihnen weitergehen würde. Alida schaute auf die

Uhr. Es war schon fast halb sechs, und Thomas' Schicht war vorbei. Und wo blieb Hans Olsen nur? Oder war er in der Zwischenzeit gekommen?

»Wir hätten dann so weit alles im Kasten. Ich melde mich nächste Woche bei Ihnen und wünsche Ihnen noch ein schönes Fest«, sagte Herr Brüder zum Abschied.

»Vielen Dank, dass Sie da waren. Kommen Sie gut zurück nach Hamburg«, verabschiedete sich Alida von dem Produzenten und seinem Team. Sie hatte die Fernsehleute zur Straße begleitet, wo sie ihren Van geparkt hatten. Femke war mit Kunden im Antiquitätenladen beschäftigt. Als sie wieder am Haubarg ankam, unterhielt sich Inge Cleves angeregt mit einem Mann, der eine dunkelblaue Strickmütze trug. Fast wäre sie an ihnen vorbeigegangen, machte im letzten Moment aber kehrt.

»Herr Olsen?«, sprach sie den Mann an.

»Ach, da ist ja das junge Fräulein«, sagte er erfreut und gab Alida zur Begrüßung die Hand.

»Kennt ihr euch? Hans, das ist die Verlobte von meinem Thomas«, erklärte die alte Dame stolz. »Nicht, dass du denkst, du hättest da noch Chancen«, scherzte sie mit erhobenem Finger.

»So verrückt bin ich nicht«, lachte der alte Mann.

»Ach, du! Du bist noch viel verrückter«, winkte Inge ab und zeigte zum Antiquitätenladen, wo die Leute ein und aus gingen. »Ich muss Femke im Laden helfen. Sie schafft das nicht allein.«

»Schön, dass Sie gekommen sind«, freute sich Alida. »Ich bin übrigens Alida Jacobsen, ich habe mich noch gar nicht vorgestellt.«

»Frau Jacobsen.« Er deutete eine leichte Verbeugung an. »Dieses Jahr ist das Adventsfest wirklich besonders schön, und auch sehr gut besucht, wie mir scheint. Ich war die vergangenen Jahre immer gern hier, aber dieses Jahr habe ich mir ehrlich gesagt nicht die Mühe gemacht, zu Hause zu schmücken. Meine Frau ist Anfang des Jahres gestorben, und für sich selbst betreibt man ja meist nicht so einen großen Aufwand«, erklärte er.

»Oh, das mit Ihrer Frau tut mir sehr leid«, sagte Alida mitfühlend.

»Danke. Sie war sehr krank, am Ende war es eine Erlösung für sie, endlich gehen zu können. Sie hat sich gewünscht, einfach einzuschlafen, und dieser Wunsch wurde ihr erfüllt. Dafür bin ich sehr dankbar.«

Alida schluckte. Sie mochte die ruhige und freundliche Art von Hans Olsen und wie er über seine verstorbene Frau sprach. Sie konnte sich gut vorstellen, warum sich ihre Oma Nani damals in diesen Mann verliebt hatte. »Möchten Sie vielleicht noch einen Glühwein?«, fragte sie, um das Thema zu wechseln, und deutete auf die leere Henkeltasse in seiner Hand.

»Da sage ich nicht Nein.«

»Einen Moment, ich bin gleich wieder bei Ihnen.« Alida nahm ihm die Tasse ab, ging zu Simon und bat ihn, diese wieder aufzufüllen. Dann verschwand sie im Nebengebäude und lief die Treppe zu ihrem Zimmer hinauf, um die Briefe, die Kette und das Foto zu holen. Hans Olsen durfte auf keinen Fall das Fest ohne Omas letzten Brief verlassen. Wenngleich es Alida in der Seele wehtat, ihm die Botschaft überbringen zu müssen, dass ihre Großmutter ebenfalls tot war. Doch ihre Oma hätte gewollt, dass er den Brief bekam, sonst hätte sie ihm nach all den Jahren nicht geschrieben. Alida nahm das kleine Paket aus der Schreibtischschublade und beeilte sich, zurück zu Simon zu kommen.

Als sie mit der gefüllten Tasse wieder zu der Stelle ging, wo sie Hans Olsen verlassen hatte, war er nicht mehr da. Sie schaute sich um. Das durfte doch nicht wahr sein! War er etwa schon wieder gegangen? Sie entdeckte ihn schließlich am Lagerfeuer. Erleichtert atmete sie auf. »Herr Olsen? Ihr Glühwein!«, sagte sie, als sie zu ihm ging.

»Oh ja, danke.« Er nahm die Tasse und stellte sie auf einer Bank ab, die vor dem Feuer stand.

»Ja … ähm … Herr Olsen?«

»Ja?«

»Es gibt noch etwas, das ich Ihnen gerne sagen würde«, begann Alida zaghaft.

»So? Was denn?«, fragte er erstaunt.

»Also, es ist so. Es gibt einen bestimmten Grund, warum ich in St. Peter-Ording bin. Und dieser Grund sind Sie.«

Hans Olsen zog die Augenbrauen hoch, sah sie forschend an, aber unterbrach sie nicht.

»Meine Großmutter ist vor Kurzem gestorben. Als ich ihr Arbeitszimmer ausgeräumt habe, ist mir eine Schatulle in die Hände gefallen, in der Briefe lagen, Briefe, von denen die ältesten aus dem Jahr 1949 stammen. Dazu ein Bernstein-Amulett und ein Foto. Auf dem Foto ist sie mit einem Mann zu sehen, vor einem Pfahlbau in St. Peter-Ording.«

Während Alida sprach, spiegelte sich in Hans' Augen die Erkenntnis wider, dass er wusste, worauf Alidas Erläuterungen hinauslaufen würden.

»Es sind nur die Briefe erhalten geblieben, die Umschläge fehlen. Daher hatte ich nur einen Vornamen: Hans. Und das Foto von 1949. Meine Oma hieß Gerda. Sie ist vor drei Wochen gestorben.« Alida sah Hans Olsen an.

Der alte Mann griff mit seiner freien Hand hinter sich nach der Rückenlehne der Bank und ließ sich langsam darauf nieder. »Gerda«, sagte er kaum hörbar. »Ja, ich habe eine Gerda gekannt.«

Alida setzte sich neben ihn und holte die Briefe, das Foto und den Anhänger, die sie mit Papier umwickelt hatte, aus ihrer Jackentasche. Als sie Hans das Päckchen reichte, zitterte ihre Hand leicht. Sie musste an ihre Oma denken und daran, wie viel es ihr bedeutet hätte, wenn Hans zu Lebzeiten noch ihre Zeilen hätte lesen können.

Er nahm das kleine Päckchen entgegen, löste vorsichtig das Papier, und sein Blick fiel als Erstes auf das Bild, das ihn und ihre Oma vor dem Pfahlbau zeigte. Er nahm das Foto hoch und betrachtete es wie einen lang verschollenen Schatz. Alida wagte kein Wort zu sagen. Dann sah er die Kette und die Briefe, die er an Alidas Großmutter geschrieben hatte. Er schüttelte traurig den Kopf.

»Nach so langer Zeit kommen diese Dinge zu mir zurück. Ich kann gar nicht glauben, dass ich diese Briefe in den Händen halte, die ich vor fast siebzig Jahren geschrieben habe. Sie hat den Kontakt irgendwann abgebrochen. Wir hatten beide Familien.«

»Ich weiß. Da ist noch etwas, ganz unten, unter Ihren Briefen. Meine Oma hat kurz vor ihrem Tod einen letzten Brief an Sie geschrieben. Leider hat sie ihn nicht mehr vollendet. Das ist der Grund, warum ich hier bin«, sagte Alida leise. »Ich lasse Sie mal alleine. Ich bin drüben bei den Kindern.« Sie stand auf und ging zu den Zwillingen, die immer noch fleißig Kekse verkauften, und half ihnen. Zwischendurch sah sie immer mal wieder zum Lagerfeuer hinüber. Hans Olsen saß dort und schaute gedankenverloren ins Feuer. Wahrscheinlich musste er erst einmal verkraften, dass er nach so langer Zeit wieder etwas von Gerda gehört hatte. Alida fragte sich wieder, warum es zwischen den beiden nicht geklappt hatte, aber sie wollte nicht neugierig erscheinen und ihn danach fragen.

Nach einer Weile kam er zu ihr und nahm ihre Hände in seine. »Sie wissen gar nicht, wie viel mir das bedeutet. Ich möchte Ihnen dafür danken, dass Sie mir die Erinnerungen und Gerdas letzten Brief gebracht haben. Damals waren andere Zeiten, und wir konnten nicht zusammen sein. Meine Eltern hatten einen Hof, den ich übernehmen sollte. Außerdem sollte ich das Mädchen vom Nachbarhof, meine verstorbene Frau, heiraten, weil ihr Bruder den elterlichen Hof erben sollte. Ich habe es nicht über mich gebracht, meine Eltern und meine damalige zukünftige Frau zu enttäuschen. Und so ging alles seinen Weg. Dennoch habe ich Gerda nie vergessen. Es gab keinen Tag, an dem ich nicht an sie gedacht habe, auch wenn ich wusste, dass unsere Liebe unerfüllt bleiben würde.«

Alida konnte die Tränen nicht zurückhalten. »Ich bin so froh, dass ich meiner Oma ihren letzten Wunsch erfüllen konnte.«

»Sie hatte großes Glück, so eine wundervolle Enkelin wie Sie zu haben«, sagte er, bevor er Alida in den Arm nahm.

Er blieb noch den ganzen Abend. Wahrscheinlich braucht er ein wenig Gesellschaft, dachte Alida.

Sie war dankbar und glücklich, dass sie es geschafft hatte, Hans zu finden.

19. Kapitel

»Das müssten die letzten Tassen gewesen sein.« Alida schaute sich suchend um und stellte drei Henkeltassen in einen Korb, den Femke trug. Nachdem die letzten Besucher gegangen waren, hatten sie und Femke mit dem Aufräumen begonnen. In der kalten Dezemberluft lag der Geruch von Kaminfeuer, der sich mit der salzigen Brise vermischte, die von der Nordsee aufs Festland getragen wurde. Der Himmel war sternenklar, und der Mond strahlte hell auf die winterliche Landschaft hinab.

»Ich bin dir so dankbar«, sagte Femke. »Ich habe vorhin die Einnahmen überschlagen. Es ist unglaublich, so viel habe ich im gesamten letzten Geschäftshalbjahr nicht umgesetzt. Und es stehen noch Verkäufe aus, die erst in den kommenden Tagen abgewickelt werden.«

»Ich möchte nicht wissen, was los ist, wenn die Reportage nächste Woche im Fernsehen läuft. Bis dahin sollte die Homepage von eurem Laden auf dem aktuellsten Stand sein, damit sich Käufer bei euch melden können.«

»Stimmt. Darum kümmere ich mich.«

»Dann hat sich das ja alles gelohnt. Es war so schön bei euch, und ich bin froh, dass der Laden nun wieder besser dasteht. Schade, dass ich morgen abreisen werde. Die Zeit ist wie im Flug vergangen.«

»Das stimmt allerdings. Sag mal, hat sich Thomas eigentlich bei dir gemeldet? Er wollte doch kommen. Hast du ihn gesehen?«, fragte Femke.

»Nein, ich habe mich auch schon gewundert. Vielleicht muss er länger arbeiten.«

»Das sieht ihm gar nicht ähnlich, dass er nicht mal Bescheid sagt.« Femke schüttelte den Kopf und schaute auf ihr Smartphone. »Ich rufe ihn mal an.« Sie tippte auf dem Display herum, ließ aber kurz darauf das Telefon wieder sinken. »Sein Handy ist aus.«

»Vielleicht ist sein Akku leer«, überlegte Alida.

»Vermutlich. Mir wird langsam kalt. Kommst du mit rein?«, fragte Femke und pfiff nach dem Hund.

»Ich bleibe noch ein bisschen draußen. Smudo kann mir gern Gesellschaft leisten. Ich bringe ihn später rein.«

»Gut.« Femke stand von der Bank auf und hob den Korb hoch. »Bis später.«

»Bis dann.«

Femke ging zurück ins Haus, und Alida blieb in Gesellschaft von Smudo allein auf dem Hofgelände zurück. Sie ging über die schneebedeckte Wiese und setzte sich auf eine Bank, die in unmittelbarer Nähe zu dem fast heruntergebrannten Lagerfeuer stand, an dem die Besucher zuvor Stockbrot geröstet hatten. Smudo kam zu ihr und ließ sich hinter den Ohren kraulen. Sie schaute in das glühende Holz und dachte an den bevorstehenden Abschied von Thomas. Sie erinnerte sich daran, wie sie hier gestrandet war. Alida ließ ihre zufällige Bekanntschaft mit Gesa und die Bilder vom geschmückten *Strandhuus* beim Fotoshooting Revue passieren. Die erste Begegnung mit Thomas in der Küche kam ihr in den Sinn und die Tatsache, dass er ihr gegenüber zuerst ziemlich abweisend gewesen war. Alida schüttelte bei der Erinnerung den Kopf. Sie dachte an die gemeinsame Suche mit ihm nach den Zwillingen und daran, wie er sie auf der Seebrücke geküsst hatte.

Femkes aufgebrachtes Rufen riss sie abrupt aus ihren melancholischen Gedanken. »Alida!«

»Ich komme!« Alida rannte über das weitläufige Grundstück zum Haus und Smudo hinter ihr her. Femke stand aufgelöst in der Tür. »Das Krankenhaus hat gerade angerufen. Thomas hatte einen Unfall. Wir müssen sofort los!«

Alidas Augen weiteten sich. »Was? Einen Unfall?«

»Mit dem Auto. Er liegt in der Klinik. Mehr weiß ich nicht.« Femke lief ins Haus und warf sich eine Jacke über.

»Oh Gott!« Alida schlug sich vor Schreck eine Hand vor den Mund.

Femke wollte gerade zum Autoschüssel greifen, doch Simon kam ihr zuvor. »Ich fahre euch.«

Während der Fahrt zum Krankenhaus sagte niemand ein Wort. Alida machte sich große Sorgen. Und sie hatte ein schlechtes Gewissen. Sie hatte zwar zwischenzeitlich an ihn gedacht, aber sie war so sehr mit dem Fest und Hans beschäftigt gewesen. Nun lag Thomas im Krankenhaus. Sie betete still, dass es nicht so schlimm war und er wieder gesund werden würde.

In der Klinik mussten sie zunächst warten, bis endlich ein Arzt zu ihnen kam.

Femke sprang vom Stuhl auf. »Und? Wie geht es ihm?«

»Sind Sie die Schwester von Thomas Cleves?«

Femke nickt ungeduldig.

»Machen Sie sich keine Sorgen, er wird es überstehen. Herr Cleves ist mit seinem Wagen ins Schleudern gekommen und gegen einen Baum gekracht. Aber er hatte Glück im Unglück«, fuhr der Arzt fort. »Außer einem Schleudertrauma und zwei Schnittwunden im Gesicht ist ihm nichts passiert. Er muss allerdings die Nacht zur Beobachtung im Krankenhaus bleiben. Wenn Sie möchten, können Sie jetzt zu ihm.«

Femke und Simon durften zuerst zu Thomas in das Krankenzimmer. Danach war Alida dran. Femke hielt ihr die Tür auf und lächelte sie aufmunternd an. Das Erste, was Alida sah, waren die vielen Geräte, an die Thomas angeschlossen war und die summende und piepsende Geräusche von sich gaben. Er lag mit einer dicken Halskrause und Verbänden um seinen Kopf in einem Krankenbett und lächelte schwach, als sie auf ihn zukam.

»Hi«, sagte er leise.

»Hi.« Alida musste schlucken. Ihn so zu sehen, brach ihr das Herz. »Was machst du denn für Sachen?«

»Ich wollte zu dir, ich hatte es dir ja versprochen. Habe mich extra nach der Schicht beeilt, damit ich noch was vom Fest mitbekomme und dich vor deiner Abreise noch einmal sehe. Und dann hat es geknallt. Danach bin ich hier wach geworden.«

Alida traten Tränen in die Augen. »Ich habe mir solche Sorgen um dich gemacht.« Sie umarmte ihn umständlich, um möglichst keine Körperteile zu berühren, die durch den Unfall lädiert waren.

Thomas erwiderte ihre Umarmung, so gut er konnte. »Nicht weinen, es ist alles gut.«

Ein klimperndes Geräusch unterbrach ihre Zweisamkeit. Alida schaute auf den Fußboden der Krankenstation. »Oje.«

Bei der Umarmung war ihr Portemonnaie aus der Jackentasche gefallen, und der gesamte Inhalt hatte sich auf dem Vinylboden verteilt. Alida bückte sich und begann, alles einzusammeln. Dabei fiel ihr der Zettel in die Hand, den sie ins hinterste Fach geschoben hatte. Sie faltete das Stück Papier auseinander und musste lächeln. Ihr Wunschzettel! Den hatte sie ganz vergessen. Sie überflog die Liste, die sie damals in Berlin an diesem schicksalhaften Tag geschrieben hatte. Wie durch Zauberhand hatten sich nach und nach fast alle Weihnachtswünsche erfüllt.

Sie streichelte Thomas zärtlich über den Kopf und lehnte sich ganz nah zu ihm, sah in seine Augen und küsste ihn vorsichtig.

Epilog

»Wie schnell das Jahr vergangen ist«, sagte Gesa kopfschüttelnd und nippte an ihrem Cocktail. Sie saß mit übergeschlagenen Beinen auf einem Hocker an der Bar. Zur Feier des Tages hatte sie sich ein elegantes Kleid und High Heels angezogen.

»Die Zeit geht doch immer schnell rum, wenn man glücklich ist oder Dinge macht, die einem Spaß machen«, antwortete Alida, die neben ihr an der Bar saß. Sie war nach Weihnachten wieder nach St. Peter-Ording zurückgekehrt und wollte so lange bleiben, bis die Vorbereitungen für ihre neue Sendung begannen. In ihrem Gepäck hatte sie ein paar Fotos von ihrer Oma, die sie auf Hans' Wunsch für ihn nachgemacht hatte. Die Weihnachtsdeko im *Strandhuus* war glitzernden Diskokugeln für die Silvesterparty gewichen.

Thomas mixte an der Bar einen Cocktail nach dem anderen. Er trug immer noch ein Pflaster auf der Stirn, hatte sich von seinem Unfall aber relativ schnell erholt. »Ist doch eigentlich ein gutes Omen für das kommende Jahr. Oder?«

»Apropos Omen und nächstes Jahr. Wir wollen zwei neue Designer-Suiten einrichten«, erzählte Gesa. »Hättest du Lust, die Aufgabe zu übernehmen, oder muss ich mich nach jemand anderem umsehen? Was ich äußerst ungern tun würde …«

»Und ob ich Lust darauf habe! Da brauchst du gar nicht zu fragen«, antwortete Alida begeistert.

Gesa erhob ihr Glas. »Dann trinken wir auf das kommende Jahr und auf die neuen Suiten.«

»Auf die neuen Suiten«, stimmte Alida mit ein. Was für ein schönes Jobangebot zum Ende des Jahres! Ihre Gläser klirrten leicht beim Anstoßen. »Oh, Thomas scheint fertig zu sein.«

Thomas übergab an einen anderen Barkeeper und verschwand kurz im Personalraum. Er hatte an dem Tag früh genug mit der Arbeit an der Bar angefangen und dadurch eine Stunde vor Mitternacht Schichtende.

»Dann wünsche ich euch viel Spaß beim Feiern. Ich halte hier die Stellung«, bemerkte Gesa.

»Danke.« Alida leerte ihr Glas.

»Können wir los?«, fragte Thomas, der nun ganz ungeduldig neben ihr stand.

Zusammen gingen sie von Ording aus über den Deich zur Erlebnis-Promenade im Ortsteil Bad. Thomas hatte einen Arm um Alidas Schultern gelegt. Der Wind trug das

Brandungsgeräusch vom Meer herüber, und über ihnen leuchtete ein heller Sternenhimmel, wie es ihn nur an der Küste gab.

Alida berichtete Thomas von Gesas neuem Jobangebot. »Ich habe natürlich sofort zugesagt.«

»Schön, dann sehe ich dich sogar während meiner Arbeitszeit.«

»Es gab Zeiten, da warst du davon nicht so begeistert«, neckte sie ihn.

»Daran kann ich mich gar nicht mehr erinnern«, spielte er den Vergesslichen.

Alida lachte. Sie kamen auf dem Vorplatz der Strandpromenade an, auf dem Büdchen mit Essen und Getränken sowie eine Bühne aufgebaut worden waren.

Thomas holte ihnen zwei Gläser Sekt und zwei Küsten-Glückskekse. »Die Kekse dürfen wir erst nach Mitternacht öffnen, hat der Verkäufer gesagt. Das bringt angeblich sonst Unglück«, sagte Thomas mit erhobenem Zeigefinger und gespielt ernster Miene.

»Seit wann bist du denn abergläubisch?«, zog Alida ihn auf.

»Bin ich nicht. Ich gebe nur das wieder, was der Verkäufer gesagt hat.«

»Ach so. Dann bin ich ja beruhigt. Wobei wir uns trotzdem besser daran halten sollten. Nicht, dass du nächstes Jahr wieder einen Unfall hast.«

»Solange du mich dann wieder im Krankenhaus besuchen kommst …«

»Kein Krankenhaus mehr, bitte!«, flehte Alida. »Ich komme dich lieber bei dir zu Hause oder im *Strandhuus* besuchen.«

»Oder ich dich mal in Berlin«, meinte Thomas.

Alida wollte darauf etwas erwidern, doch in dem Moment schossen die ersten Raketen laut tösend in den Himmel. Es war Mitternacht. Sie sah Thomas an und hob ihr Glas. »Auf das neue Jahr!«

Auf seinem Gesicht erschien ein Grinsen. »Auf uns. Dass wir uns gefunden und alle Hindernisse aus dem Weg geräumt haben«, sagte er feierlich und küsste sie innig.

Obwohl es bitterkalt auf dem Vorplatz der Seebrücke war, breitete sich in Alida eine wohlige Wärme aus. Wenn man Glück fühlen konnte, dann fühlte sie es genau in dem Moment.

»Und? Was sagt dein Glückskeks?«, fragte er neugierig.

Alida brach ihren Keks auf und entnahm ihm einen kleinen zusammengefalteten Zettel:

Man kann den Wind nicht ändern, aber die Segel neu setzen.

– ENDE –

Danke

Ich danke Kathrin Nehm und Bastian Schlück von der Agentur Schlück für die Vermittlung meiner Bücher und die allzeit sehr gute Betreuung in literarischen Angelegenheiten, meiner Lektorin Friderike Baum für den Schliff und die Begeisterung für meine Geschichten, dem gesamten Team bei HarperCollins Germany für die wunderschönen Buchcover und die liebevolle Umsetzung meiner St.-Peter-Ording-Romane.

Ich danke meiner Familie und meinen Freunden, ihr wisst, wer ihr seid! Ohne euch wäre alles nichts.

Und natürlich danke ich meinen Lesern, die mit ihren Mails mein Postfach überquellen lassen, mir Fotos von Buchsichtungen, Lesestunden am Strand oder von ihren Haustieren schicken. Ich danke euch für eure Begeisterung. Von mir aus können wir noch die nächsten 50 Jahre so weitermachen!

Wir sehen uns. Irgendwo. Aber ganz bestimmt am schönsten Strand der Welt – in St. Peter-Ording.

Tanja Janz im Juli 2018

Rezept

Oma Inges norddeutsche Friesentorte

Zutaten für zwölf Tortenstücke:

ein halber Teelöffel Backpulver
4 Packungen Vanillezucker
150 g Schmand
275 g Butter
150 g Zucker
1 Teelöffel Zimt
750 g Pflaumen
2 Esslöffel Speisestärke
3 Esslöffel Pflaumenwasser, alternativ Orangensaft
400 ml Sahne
2 Packungen Sahnesteif
400 g Mehl

Zubereitung:

Zuerst 250 g Mehl und das Backpulver vermischen. Danach mit zwei Packungen Vanillezucker, Schmand und 175 g weicher Butter zu einem glatten Teig kneten. Im Anschluss den fertigen Teig in Folie einwickeln und zwei Stunden kalt stellen.

160 g Mehl, 75 g Zucker und einen halben Teelöffel mit 100 g Butter mit dem Knethaken vom Handrührgerät bearbeiten, bis kleine Streusel entstehen. Die Streusel ebenfalls kaltstellen.

Die Pflaumen halbieren und entsteinen, in Würfel schneiden und dann mit 75 g Zucker und einem halben Teelöffel Zimt vermengen. Im Anschluss auf mittlerer Hitze köcheln.

Das Pflaumenwasser und die Stärke glatt rühren, zum Früchtekompott hinzufügen, nochmals aufkochen und dann abkühlen lassen.

Nun den Teig in vier Teile aufteilen und vier Stücke Backpapier bereitlegen. Auf die Arbeitsfläche Mehl geben und dann die vier Portionen Teig zu Kreisen von ca. 24 cm Durchmesser ausrollen. Die Teigkreise auf jeweils ein Backpapier legen und mit einer Gabel mehrmals einstechen. Die Streusel auf die Teigkreise verteilen und dann die Teigböden nacheinander auf einem Blech in einen vorgeheizten Backofen bei 200 Grad (Umluft 180 Grad)

schieben. Auf der untersten Schiene ca. 15 Minuten backen. Einen der Teigböden noch warm in zwölf Stücke teilen und mit den restlichen Böden abkühlen lassen.
Nun die Sahne halbsteif schlagen und dann mit Sahnesteif und dem Vanillezucker steif schlagen. Drei Böden mit jeweils ein Drittel Kompott und Sahne bestreichen, dann darüber schichten. Zum Schluss den geteilten Boden schräg on top setzen.
Die Friesentorte nun eine halbe Stunde kalt stellen und danach mit einem großen scharfen Messer in Stücke schneiden.
Die Torte ist nun servierfertig.

Oma Inge und ich wünschen euch einen guten Appetit.

Originalausgabe

Tanja Janz

Friesenherzen und Winterzauber

Die Hamburgerin Ellen muss vor ihrem Liebeskummer fliehen. Wie soll die Autorin da bloß für ihr neues Buch in Romantik schwelgen? Auf nach St. Peter Ording. Sofort ist sie verzaubert von den vereisten Salzwiesen, der Weite des Strandes und dem gemütlichsten Teeladen der Welt. Und von einem geheimnisvollen Briefkasten neben dem alten Leuchtturm. Ihm vertraut sie einen Brief mit ihren Gefühlen an. Was sie nie erwartet hätte: Am nächsten Tag erhält sie eine Antwort ...

ISBN: 978-3-95649-654-7
9,99 € (D)

Petra Schier

Vier Pfoten für ein Weihnachtswunder

Laura hasst Weihnachten! Eigentlich wollte sie in ihrem ruhigen Häuschen auf dem Land nur dem Glitzer und Trubel der Adventszeit entfliehen. Und jetzt hat sie sich plötzlich verliebt, in Lizzy, die kleine West Highland Terrier Hündin, in eine vollkommen chaotische Familie und, wenn sie ehrlich ist, auch in Justus, den Sohn ihres Chefs. Laura ist völlig überfordert und sieht nur eine Lösung: Sie muss so schnell wie möglich weg und auf keinen Fall zurückblicken ...

ISBN: 978-3-95649-835-0
9,99 € (D)

Katherine Garbera

Das Weihnachtscafé in Manhattan

ISBN: 978-3-95649-838-1
9,99 € (D)

Die ersten Schneeflocken fallen, ein Kribbeln liegt in der Luft, und über die Fifth Avenue zieht der köstliche Duft von Schokoladentorte – das festlich geschmückte Candied Apple Café ist bereit für Weihnachten!
Hotelchef Mads Eriksson lässt sich von der besinnlichen Stimmung nicht anstecken. Es ist das erste Weihnachtsfest seit dem Verlust seiner Frau, und seine sechsjährige Tochter Sofia hat zusammen mit ihrer Mutter den Glauben an Santa Claus verloren. Doch als er Iona, die schöne Besitzerin des Candied Apple Cafés, kennenlernt, beginnt Mads gefrorenes Herz zu tauen. Wird er etwa sein ganz persönliches Weihnachtswunder erleben?

Jane Linfoot

Winter im kleinen Brautladen am Strand

Vor den Fenstern des kleinen Brautladens fällt Schnee, während Sera in ihrem gemütlichen Atelier Brautkleider entwirft. Zwischen ihren Fingern werden weiße Träume wahr. Nur ihre große Schwester Alice hat Sera noch nicht einmal nach einem Kleid gefragt. Doch dann geht in deren Hochzeitsplanung so einiges schief und Sera beschließt, ihrer Schwester zu der Winterhochzeit zu verhelfen, die sie verdient – auch wenn das bedeutet, dass sie sich gleich mit zwei attraktiven Trauzeugen herumschlagen muss.

ISBN: 978-3-95649-841-1
9,99 € (D)